ANTONIA POZZI
轻盈的奉献

〔意〕安东妮娅·波齐　　　　著
梵 子　　　　　　　　　　译

人民文学出版社

图书在版编目（CIP）数据

轻盈的奉献 / （意）安东妮娅·波齐著；梵子译. 北京：人民文学出版社，2025. —（巴别塔诗典）.
ISBN 978-7-02-019299-1

Ⅰ．I546.25

中国国家版本馆CIP数据核字第20256AH638号

责任编辑　卜艳冰　何炜宏
装帧设计　朱晓吟

出版发行　人民文学出版社
社　　址　北京市朝内大街166号
邮政编码　100705

印　　制　凸版艺彩（东莞）印刷有限公司
经　　销　全国新华书店等

字　　数　100千字
开　　本　889毫米×1194毫米　1/32
印　　张　10.375
插　　页　5
版　　次　2025年6月北京第1版
印　　次　2025年6月第1次印刷

书　　号　978-7-02-019299-1
定　　价　79.00元

如有印装质量问题，请与本社图书销售中心调换。电话：01065233595

目录

译者序　诗与爱——安东妮娅·波齐的一生　_1

对蓝的预感　_1

给一座墓的献礼　_3

午间　_5

又一次歇息　_7

遥远的爱　_8

分离　_10

释然　_11

风　_12

空　_13

干草的气味　_15

躺　_16

闪电　_17

高热　_18

天真　_19

平静　_20

哲学　_22

泪　_24

狂野之歌　_26

无奈之歌　_28

歌唱我的裸躯　_30

苹丘上的露台　_32

逃离　_33

白云石山　_35

日沉　_37

晕眩　_39

石楠　_41

祝福　_43

辽远　_45

十一月　_48

预兆　_50

姐姐们，你们不介意……　_52

关闭的门　_54

在生命之岸　_57

四月的夜晚　_60

乡愁　_61

草原　_62

号叫　_64

雪　_65

界线　_ 67

恐惧　_ 68

祈祷　_ 69

林中的梦想　_ 71

山丘上的梦想　_ 73

害羞　_ 76

月光　_ 77

海港　_ 79

柯斯梅丁圣母堂　_ 83

海上的星　_ 85

谣　_ 87

西西里之景　_ 90

阿尔卑斯之水　_ 92

呼吸　_ 93

新的脸　_ 95

野营　_ 98

夜曲　_ 100

与山分别　_ 101

睡莲　_ 103

岩石　_ 105

对水的爱　_ 107

星之死　_ 109

献给一条狗　_110

反光　_113

梦中　_114

清晨　_115

我不知　_116

不信任　_117

傍晚时归来　_118

威尼斯　_120

致所爱之人　_122

金黄的死　_126

声音　_128

事　_130

江河　_132

落海者　_134

对轻之物的渴求　_135

雪原　_137

幽思　_139

疑　_140

避难所　_141

向诗祈祷　_143

重生　_145

三个夜晚　_149

没有悲伤的葬礼　_ 151

第二次爱　_ 153

美　_ 156

轻盈的奉献　_ 158

手　_ 160

停顿　_ 162

信　_ 164

你的泪　_ 166

锚　_ 169

路　_ 171

遁　_ 173

涌　_ 175

圣安东尼之火　_ 177

黇鹿　_ 179

非洲　_ 181

一种命运　_ 183

根　_ 185

遗弃　_ 187

童话　_ 189

飞翔　_ 191

《堂吉诃德》　_ 192

缺席　_ 195

逃　_ 197

高地　_ 198

坡路　_ 199

完好之时　_ 201

变天　_ 203

时间　_ 205

相会　_ 207

之后　_ 208

蟋蟀　_ 209

立秋　_ 211

人生　_ 213

在崖边　_ 214

女人们　_ 215

融　_ 217

夜间　_ 219

魔咒　_ 220

空旷的秋　_ 222

告别　_ 224

致埃米里奥·科米奇　_ 226

庇护所　_ 228

市郊　_ 231

五月的死之愿　_ 233

像影之树　_234

童贞　_235

终结　_236

"风吹的原野间"　_237

向北之旅　_238

四月的郊区　_240

外祖母　_242

周日的尾声　_244

大地上的睡与醒　_246

命运之爱　_248

垂死的男孩　_249

山　_250

九月的傍晚　_252

女人的声音　_253

一个季节的死　_255

地球　_256

雾　_258

新年　_259

笃定　_260

郊区　_261

自由的光　_263

潘　_265

五百人街 _267

晨间 _269

"山　被遗弃于黑暗怀中的你们" _271

灯光师 _272

梦想的生活 _274

　一　梦想的生活 _274

　二　云雀 _276

　三　欢喜 _277

　四　重聚 _278

　五　死的肇始 _279

　六　你本会是 _281

　七　母性 _283

　八　林荫路上的孩子 _284

　九　梦想之眼 _285

　十　愿 _286

译者致谢 _289

译者序

诗与爱
——安东妮娅·波齐的一生

"我以诗为生,就像血管以血为生"

1929 年 5 月 28 日,十七岁的安东妮娅·波齐跪伏在浓密的草丛之间,风在她身边吹动着,她感受到自己的鲜血也如滚滚绿草一般,正翻涌进对自己所深爱的老师安东尼奥·玛利亚·切尔维(Antonio Maria Cervi)的思念之中。这便是波齐的诗歌,一种自身血液与世界本质之间相互激荡所发出的声音,也是"生命的唯一可能性"所无法逃避的命运。"我以诗为生,就像血管以血为生",1933 年 1 月 29 日,她在写给诗人朋友图里奥·加登兹(Tullio Gadenz)的信中如此宣称。

"她的生命,被拉向名为诗与爱的两个极端,对她而言，它们是生命中最严肃的事物。"波齐大学时代的爱人雷莫·坎通尼（Remo Cantoni）在她去世后如此说道。波齐一生只活了二十六岁，但她在自己短暂的生命中，向着世间万物无限敞开：为爱的专注所充盈的能量，造就了她对存在复杂性的同理心与包容心，使她在深知何为痛苦的同时，也不放弃对美与生命的热忱。爱，塑造出了她非凡抒情性的根基，使她将诸如"看到窗玻璃坠上鹅卵石"时所体验到的怀念与感伤，或"感受到牙齿洁白如河滩"时所洋溢的喜悦与幻想，全凝结为了"如披着裂开的白纱般"轻盈而又强烈的言语，创造出了意大利诗歌史上独特、奇异且美丽的伟大诗篇。

1912年2月13日，安东妮娅·波齐出生于米兰的一个显赫家庭，是家中独女，父亲罗贝托·波齐（Roberto Pozzi）是当时意大利著名的国际金融法律师，同时也是意大利伦巴第小城帕斯图罗的市长。母亲莉娜·卡瓦纳·桑吉乌利阿尼·迪·瓜尔达那（Lina Cavagna Sangiuliani di Gualdana）女伯爵则来自伦巴第帕维亚一个古老的贵族家庭，其曾外祖父是十九世纪初意大利浪漫主义诗人托马索·格罗西（Tommaso Grossi）。波齐的终身挚友露琪娅·鲍齐（Lucia Bozzi）与艾尔薇拉·甘迪尼（Elvira Gandini）

曾在本世纪初（两人都很长寿，鲍齐活到了一百零三岁，甘迪尼则活到了九十七岁）回忆波齐家位于米兰协和广场附近的宅邸：墙上挂着十九世纪的绘画作品，钢琴上覆盖着威尼斯风格的钩花布。而在波齐的书房中，那张只属于她的大书桌的抽屉里，藏着她的诗歌笔记本。波齐生前从未将里面的诗篇公之于众，只有她的挚友知道这些"属于一个灵魂的日记"。

坎通尼曾言："诗歌于她，不仅是她所热爱并且创作出的词句，还是一种风格，一种生活方式。在她的每一个行为之中，她的每一个想法之中，她都带着她的诗，给她的宇宙着色，而这给了她更为深入的活着的确定性，也使她时而远离已经历过的现实。"对波齐而言，诗歌是自我生命完整性的终极体现——是爱洛斯与逻各斯的统一、个体与世界之间巨大的连贯性，以及对人类广阔生活的参与，是她不断发现、感知、接纳新事物，触摸它们微小的褶皱与深刻的本质，从而实现生命的"扎根"与"超越"的一生。而这一切的起点便是她的帕斯图罗，是她还是小女孩时就登上了的格里尼亚山。

1917年，波齐的父亲在帕斯图罗买下了一栋坐落于格里尼亚山下的乡间别墅，自此每逢假期，波齐都会来到帕斯图罗，在阳光笼罩的山野间行走奔跑，沉浸于同当地自然风物与人文景观的接触，同万物的相遇催生着她的新生之力——这一"未知而童贞的力量"在她的血脉深处涌动、跳动、流动，触发着她探寻、捕捉事物真相的热情，诗歌的灵感便由此诞生而来。

1935年4月14日在写给坎通尼的信中，波齐如此讲述帕斯图罗在自己生命中的意义：

……当我说这里是我的根时，我并不仅仅是在制造一个诗意的形象。因为每次回到这些墙壁之间，这些忠实而平等的事物之间，我都会不时地将自己的思绪、自己最真实的感受放下，并向自己澄清它们；而这些墙已然成为它们的守护者，以至于当我回到这里时，将如今的我造就出来的我所有的过去、我曾经的一切，都跃然出现在我面前，我发现了最完整的自己……今天，我去附近的森林走了一会儿。天气仍然很冷，树完全裸露着。但草地上有很多花：紫罗兰、报春花、风信子、栗树下的红色石楠……如果有一天，仍然独自一人的我来到这里生活，这些留着髭须的老人的问候，这些没有牙齿的女人的问候，来到我怀中的脏小孩们的微笑，都会让我感到十分安慰……

在波齐眼里，帕斯图罗这片土地上，生长着生命最为直接、简单且坚固的纯粹。格里尼亚山母性般的崇高与永恒，以及为其所浸润着的人与物，是她所切身感知又不可企及的美，在她心中代表着一个远远比她所出身的米兰上流社会有意义、有力量的庄严世界，一处灵魂得以真正回归的栖所，就如她在1933年10月18日《傍晚时归来》中所写下的"回到了巢穴，寻到了母亲之膝"一般。

即便是在人生最后的岁月里，这种对纯粹生命与存在本真的持续热爱，仍然为她打开新的视野，将她的脚步引向"开启着原始的人性之谜"的米兰工人阶级的郊区世界。在那里，波齐随天主教徒友人露琪娅·鲍齐，以及她最后所爱恋的迪诺·福马吉奥（Dino Formaggio）一起投身于社会志愿活动，而她几乎是将自己的出身作为原罪一样，以赎罪的命定姿态，使自己完全卷入诸如五百人街的"被驱逐者之家"中人类苦难的悲惨与荒凉，那里的一切都"虔诚地，把我带向你"，她在《五百人街》一诗中如此写道。1938年12月2日，波齐选择在离这条街不远处的基亚拉瓦勒区结束自己的生命，那是她常常同福马吉奥沿着水渠骑车经过的地方，被自行车碾过的干枯树叶"像小小的云朵一样"。她最终回到了帕斯图罗的怀抱，安息于格里尼亚"母亲山"下一片"自由的草地"。

梦想的生活

时间回到1927年，那时波齐刚入读米兰的亚历山德罗·曼佐尼高中。波齐从小就在知识与艺术方面显示出敏锐的智慧与旺盛的求知欲，她学习外语、绘画、钢琴，接触游泳、骑马、滑雪、登山等体育项目。波齐一生酷爱登山，并多次跟随专业向导学习登山攀岩的课程，攀登向她呈现出的"山的灵魂"令她着迷。另外，青少年时期的她还被斯卡拉歌剧院中响起的普契尼、威尔第、古诺等人作品的旋律吸引，而随着时间的推移，她更偏爱与朋友一起前往米兰音乐学院观看那里举行的四重奏音乐会，甚至是在自杀的前一晚。

高中时代，正如波齐在1927年9月16日写给外祖母的信中所憧憬的那样，引导她怀着对学习与生活的崭新热情，"自觉地走向生活，走进世界"。也正是在那一年，她结识了比自己年长四岁的露琪娅·鲍齐与艾尔薇拉·甘迪尼，与她们建立了亲如姐妹般持续一生的情谊。更重要的是，她遇见了安东尼奥·玛利亚·切尔维，她的拉丁语和古希腊语老师。

切尔维来自撒丁岛城市萨萨里，是一位优秀的古典学者，他渊博的知识以及对教学的热情与投入受到了学生们的尊敬与喜爱。而波齐一方面看到了切尔维身上意志与人格的"巨大火焰",另一方面也敏感地察觉到了他灵魂中的阴影——那是源于切尔维的父亲与兄长安农齐奥·切尔维(Annunzio Cervi)之死的痛苦,后者曾是一位初露锋芒的诗人,却在1918年二十六岁时,不幸丧生于意大利与奥匈帝国在格拉帕山的战役。

波齐曾在1928年8月21日切尔维被调派至罗马后,给外祖母写信倾诉道:

……我只能哭泣,哭泣,再哭泣……确切地说,他有着一种少之又少的不可求的精神。他的一道道神经后面,是一团燃烧的巨大火焰;一个总是渴望变得更加纯洁的最纯洁的灵魂,在对知识、完美与光明的不竭渴求中,注定会不幸地、孤独地凋谢;他是一位学识渊博、记忆力惊人的学者,有着使他在图书馆的昏暗中俯身阅读最艰深的哲学书页并以此度过一生的钢铁意志;一个对教学充满热情的老师,对他的学生充满着兄长般的感情;一个可怜的儿子,二十几岁时目睹他的哥哥死在格拉帕山上,不久之后,又是他的父亲……

这种混同着仰慕、理解与哀怜的深情，逐渐转变为巨大的爱恋。1930年1月11日，波齐在信中对切尔维深情地表白道："你真的是我生命中的天使。""亲爱的小爱人，你的唇上有我最轻柔的吻，你的发丝上有我最深的爱抚。"她称呼他为"安东内罗"。波齐纯真的热情打动了切尔维，使他走进了这场热烈的恋情，然而他们的爱很快就遭遇到了风雨。

切尔维是一名虔诚的天主教徒，而波齐则相信上帝存在于流动变化的万物之中，"是，且只能是一种无限"。这种对上帝的个人化的寻找，非但没有被爱人理解，反而受到了对方的指责，两人在宗教信仰上的冲突于1932年爆发至最激烈的程度。

而另一重巨大的阻力来自波齐父亲的介入。罗贝托·波齐出生于教师家庭，十一岁时，他的父亲自杀，十多年后，年仅十八岁的妹妹也自杀身亡。波齐曾向福马吉奥提到她的这位年轻的姑母"穿着婚纱自杀了"。或许是这样的经历使这位父亲对女儿一直进行着强势的保护。当他考虑到两人的师生关系，以及切尔维比波齐年长十八岁的事实，开始极力阻止两人在一起——不仅拒绝了切尔维的求婚请求，还在1931年安排女儿前往英国学习，以使两人互相疏远。而在这期间，波齐与切尔维也曾使出灵魂的全部力量以捍卫两人的爱情，但还是在罗贝托·波齐要求与切尔维决斗的威胁之下败下阵来，两人最终在1933年分手，用波齐的话来说："凭的不是心，而是善——凭的不是爱——而是爱的意志"。

对波齐而言，这是一生中最深刻而绝对的爱恋，也是难以用其他的爱所填补的裂痕。1936年12月31日的新年夜，她的思绪仍回到昔日爱人的身上：

我想到了你，遥远而甜蜜的你，没有身体，曾如此纯洁地吻着我：青春时代的白色翅膀。

我想到了我们未出世的儿子，陌生的孩子没有肉体与发丝的气味，是天使。

1933年8月至10月之间，波齐写下了《梦想的生活》，以十首简洁而悲伤的诗篇，寓言式地叙述了她与切尔维的整段爱情经历。这些诗先是按照时间顺序写在了笔记本中，后被波齐誊写在十页纸上，按照理想中的排序编成了独立的一册。波齐将这本小诗集献给了切尔维，并在封面上写下一个象征性的日期：1933年10月25日，即安农齐奥·切尔维阵亡十五周年纪念日——她曾梦想为自己与切尔维的孩子也取名为"安农齐奥"。这十首渗透着爱、痛苦以及对痛苦的克服与升华的诗歌，对于波齐的一生有着无可估量的意义。1935年2月4日，她在日记中写道："从现实遁入幻想，其罪过只有在主动惩罚自己去表达以赎清时，才是正当的。因此，对于我梦想的生活，道德上有效的只有《梦想的生活》，那十页我能够从自身抛出的纸。"随着"青春时代的白色翅膀"被最后托付给《梦想的生活》，灵魂的"死之途"开始经由善的不确定性与艰难以及恶的无可避免而向她展开，这为她余下人生的戏剧性埋下了伏笔。

你是诗人

1933年与切尔维的爱情结束之时，波齐正在米兰大学参加安东尼奥·班菲（Antonio Banfi）的课程。波齐于1930年入读米兰大学，主修现代语文学专业，1931年开始接触到这位哲学家的教学，1934年在他的指导下，开始撰写以福楼拜为主题的毕业论文（波齐精通法语），1935年11月19日以最高分完成了答辩。

班菲是一位对欧陆哲学的发展趋势以及社会文化的各个方面都极为敏锐且开放的学者，他反对教条主义与形而上学，提出哲学的任务是运用理性的视角对经验进行检视，这一思想被定义为"批判理性主义"，他的身边团结着一批年轻的知识分子，这一群体后来被称为"米兰学派"，他们对时代的粗暴进行着批判与抵抗。班菲的学生中涌现出了不少在文学、哲学、文化与艺术领域都对意大利产生过深远影响的大师——除了波齐，还有同为诗歌巨匠的维托里奥·塞雷尼（Vittorio Sereni）、意大利哲学人类学先驱雷莫·坎通尼、被誉为意大利现象学美学之父的迪诺·福马吉奥、意大利现象学与存在主义代表人物恩佐·帕奇（Enzo Paci），以及身兼语言学家、哲学家、作家以及文艺批评家等多重身份的伟大学者玛丽娅·科尔蒂（Maria Corti）等。

大学生活贯穿着波齐对于新的知识以及友谊的巨大渴求，她积极地参与到各种课程的学习中，通过自己的多语言能力（意、法、英、德）大量地阅读，不断拓展自己的知识视野。她也在班菲的哲学课上结识了比自己小两岁的雷莫·坎通尼，他高大英俊且极其聪明，身边总是围绕着爱慕他的女生。坎通尼的父亲是意大利人，母亲是德国人，从波齐以自己与坎通尼为角色原型所撰写的小说草稿中，可以了解到坎通尼原生家庭的不幸——父亲早逝，家境败落，母亲带着女儿回到德国生活，留下他与哥哥继续在意大利学习。这个笑容中总是平静地透出几分狡黠的男生内心，潜藏着一种忧郁不安的敏感，甚至是抑郁的倾向，波齐去世四十年后，他同样以自绝的方式结束了生命。

对事物相似的开放与同理心使这两位年轻人在1934年建立了深入的关系，这也一度是波齐所相信的"第二次爱"，她也因此有了"重生"的希望，并将自己的爱喷薄为一种新的自我奉献，倾注到了诗歌里。奉献，对所爱的奉献，是波齐个性中最强烈的特质，早在1929年7月13日，波齐就在信中对切尔维吐露道："成为一个女人，而且是一个十七岁的女人，这很可怕。你的内心除了疯狂渴望献出自己以外，一无所有。"这在1934年底献给坎通尼的一系列诗篇里也有所体现。但实际上，波齐对诗歌、个体、生活与世界之间关系的理解，使这些诗篇超越了爱情的偶然性，获得了更广阔的生命意义。比如在《美》这首诗中，奉献并不是单纯的自我馈赠，而是以自我对万物之美的体验去拥抱爱人，这也印证着波齐在1933年1月29日写给加登兹的信中对自己诗歌灵感的阐述："可怜的万物，在自己巨大的沉默中经受折磨，我知道，感受这些对我们的痛苦缄默无言的姐妹，意味着什么。"

然而，重生的爱情并未持续很长时间，1935年初，两人的关系开始变得艰难起来。波齐的小说草稿如此描写了两人之间紧张的潜在距离：当他拿着她给的音乐会门票，与她一起置身于富丽堂皇的斯卡拉歌剧院里时，他用一种严厉的声音对她说："你们有钱人的生活真好。"而且，不同于跟切尔维笼罩着幻想面纱的理想之爱，跟坎通尼的爱是以生活的具体性为参照的世俗之爱，这也意味着要"日复一日地去面对，拿物质现实的小小尺度，去衡量固有的差异"。1935年春夏，波齐在帕斯图罗的家中帮助坎通尼从肺部疾病的折磨中康复，同居生活并没有消除两人之间的隔阂，反而使之愈加明显，她感到两人的情感与理想信念在被现实埋葬，自己的生命统一性在被现实粉碎。"我无法从我们一起生活的所有这些时日里，获得任何意义。"她对爱人如此坦言。1935年6月20日，波齐在信中向与自己情同手足的挚友维托里奥·塞雷尼诉说："雷莫和我之间，有那么多可怕的深渊，尤其是在兴趣、感性和道德方面。"而即使是在被爱抚时，她也意识到两人之间的关系其实并不是自己想要的："我不知道雷莫说要让我成为一个真正的女人有多正确；我相信，我恐怕永远不会是一个真正的女人，如果我狠狠地去寻求做到这一点，我最终可能反而会丧失自己身上最真实、最不平庸的部分。"最终，这段曾"使天竺葵和野橙花盛开"的爱恋，还是随着1935年7月坎通尼启程前往德国而不可挽回地结束了——"雷莫对我而言，代表了我相信在人的一生中很罕见的一刻：我同自己和解，恐惧得以平息，天国与大地同在……我知道，他只希望保持一种友情，别的什么都没有……我很感谢他给我的一切。我一无所求：我知道，我无权要求什么。这就是全部。"1935年8月15日，波齐在写给塞雷尼的信中对这段短暂的恋情作了最后的总结。

此外，波齐在这一时期的巨大挫折感还跟她与班菲圈子的往来有关。虽然，她与他们无论是在智识上还是在情感上都有着热情的互动，但他们都倾向于将她从梦想的内心世界推向理性主义的自我重建，比如坎通尼就告诉她，她需要有更多的意志，要像锻炼肌肉一样去锻炼自己的意志，以克服人格中的"弱点"。"我的人格模式，在接触到他们强大的人格时被打碎了……他们是活生生的现实在回应着我，他们不适合成为幻景"，波齐在1935年2月4日的日记中如此记述自己与班菲圈子的关系，并直言自己在与外界的接触中，看到了一种自身的"紊乱"——"我的'紊乱'，就在于：一切事情对我而言，都是一个我的人格想从中喷涌而出以奉献自己的伤口。"

愿望与现实的不匹配所导致的失望与痛苦，更是从周围人对她诗歌天职的不理解中蔓延出来。波齐关于福楼拜的论文在班菲圈子里受到了极高的肯定，但她那以生动的女性情感为万物连接中心的诗歌，却难以在那样一个男性主导的、充满严格理性主义气息的环境中被接受。波齐曾将自己的一些诗篇拿给班菲过目，却被对方劝导："小姐，冷静些！"又比如恩佐·帕奇建议她尽量少写诗，或许他们都是出于善意，希望她能与生活建立具体的联系，以免被诗歌写作卷入可能与痛苦相随的感性风暴里，但这反而给她带来了更大的风暴，使她怀疑并且否定起自己作为诗人的工作，甚至诗歌本身。1935年间，隐藏在她勤奋学生假面下的，是难以以诗言说的痛苦与动荡不安，她感到自己就是"托尼娅·克律格"——波齐的同学吉安·安东尼奥·曼奇①以托马斯·曼的小说《托尼奥·克律格》中难以克服精神与生活之间对立的主人公之名来称呼她。在写给塞雷尼的信中，她如此讲述自己的危机："我一点新的东西都没写，我就是风暴中的托尼娅·克律格。""我仍然以无法被我翻译成言语的行为为生。也许——谁知道呢——言语的时代已

---

① Gian Antonio Manzi，德法文学研究者，1935年5月17日自杀身亡。

经永远结束了。"她开始写作被班菲圈子视为更能反映时代的散文，尝试按照他人的建议进行自我重建，然而这并不能平息她内心的挣扎："要么死，要么开始过一种可怕的生活。"这是波齐在 1935 年 10 月 17 日的日记中痛苦的呼喊，但她也提醒自己："我绝不能死……我是一个女人，但我必须比可怜的曼奇更坚强，他因为和我一样的原因自杀了。"对于精神与生活之间对立的困惑，伴随着时代车轮的转动中一切确定性被拆解后失去锚点的不稳定感，将她与她的朋友们裹挟进了一种创伤感里：那是如维托里奥·塞雷尼在他的诗篇中所写下的："无处生还的青春"。

尽管如此，她体内的诗人之血还是让她作出了回应："现在你要回去写诗了"，她将这句话写在了 10 月 17 日的日记开头。而在之前的 2 月 13 日，也就是波齐二十三岁生日那天，她写下了《一种命运》，选择坚持自己作为诗人的天职，并准备好继续为之付出一生的努力，哪怕所有的同伴都离开，只剩下自己"继续独行"。

回到摇篮

1935 年 11 月 19 日，波齐从米兰大学毕业，班菲希望她修改论文以出版,她的反应并不积极。论文写作对她而言,不是为了取得学术上的成功,而更像是一种自我求索——福楼拜通过写作工作的自律对自我进行持续的挖掘与救赎,从而从青年时期的悲观主义过渡到后来能够对人性、艺术以及时代进行沉着反思,这给了她重新把握生活的力量。走出校园的她,在更广阔的世界中践行起了自己的承诺。

1936年初,波齐跟随有着"多洛米蒂天使"之称的意大利著名登山家埃米里奥·科米奇(Emilio Comici)在米苏里娜湖区的白云石山(即多洛米蒂山)学习滑雪与攀岩。1936年的7月至8月,她前往奥地利城市格蒙登参加一门为外国人开设的德语语言与文学课程,并在学习结束后造访了德国与瑞士的几座城市。1937年2月,波齐再度前往德国,在柏林度过了大约三周,随后造访了波兹坦与德累斯顿,并在3月初去了布拉格。波齐对德语学习充满热情,并认为德语"是世界上最辉煌、最无情的理性结构。而在诗歌与童话中,又如树叶的声音般甜美"。然而此时,纳粹法西斯的阴云已经笼罩在了时代的天空中。在柏林的时候,波齐给父母写信,告诉他们德国人"非常善良、友好、真诚,但又理性、沉闷、军事化得可怕"。雷声爆破前的沉重空气,已经在渗入她的呼吸。据罗贝托·波齐回忆，女儿在回到意大利后深感悲哀，因为在她看来，不可弥补的事情已经在发生了。

自 1936 年起，科维托广场的工人阶级社区、马尔港与基亚拉瓦勒区等米兰郊区的世界开始成为波齐生活的一部分，1936 年 1 月 19 日的《市郊》一诗便代表着这一转捩点。而在 1935 年，这些犹如不同世界之间沟通桥梁的边缘世界就已出现在她的小说草稿里了。1937 年，她与尚在米兰大学就读的迪诺·福马吉奥的关系越来越密切。福马吉奥与坎通尼一样也比波齐小两岁，当时也是在班菲的指导下准备着有关"艺术技术学"的毕业论文的撰写。1938 年 10 月 23 日，波齐在信中向友人保罗·特雷维斯（Paolo Treves）如此描述他："一个高大黝黑的男生，声音很急躁。"福马吉奥成长于米兰工人阶级社区，十四岁起就在工厂里做工，后来凭借自己非凡的智慧与毅力上了大学，并成为了一名反法西斯主义立场坚定的意大利社会党的地下党员。福马吉奥的热情与活力，以及面对逆境时的乐观与坚韧感染着波齐，她在 1937 年 4 月 24 日的《四月的郊区》中表达了对福马吉奥的情感：米兰郊区之景与帕斯图罗的自然，她最亲近的两个世界在所爱之人身上融合着，成为一种新鲜而奇妙的美，也昭示着这一时期她被新的梦想溢满的心境。

对波齐而言，对米兰郊区的热爱，除了受到福马吉奥及其他友人，包括天主教徒露琪娅·鲍齐、社会主义者保罗·特雷维斯与皮耶罗·特雷维斯（Piero Treves）兄弟的影响以外，更源于她一贯谦逊、慷慨且极富同理心的个性，以及对人性与苦难的深刻关注与共情。她投入到了米兰郊区的志愿者工作中，将自己置于严酷的环境中心，而她在生命末期写下的不少诗篇，便体现着以福楼拜式的"锉刀与凿子的艰苦劳作"深入到现实以及历史悲剧性中的力度。1938年1月29日，在写给母亲的一封可能从未寄出的信中，她如此说道：

我最亲爱的梦想，注定要在空中摇摆很长时间，但随后——肯定——会融入安宁，超越万物。因为我们只是狂热地爱着我们永远不会拥有的东西，对我而言，这是苦难，是远方的工厂烟囱之间穿长斗篷的老人们、通向一个沙坑的马车道、倒映在渠水中的穿红围裙的小女孩们；是沿着一条人行道通行的真正道路，有着寻常的言语、摆满花朵的橱窗、镜中映出的黄色电车站，以及对安稳工资的温和渴望。

亲爱的妈妈，请祝愿我仍为了幻想的爱而去长久地受苦，基于这一约定，你的女儿不可能会死。

如同信中的"约定"那般，波齐为自己选择了一种远离世俗肯定的朴素、简单且严格的生活。1937年10月，她获得了米兰斯奇亚帕雷利技术学校的一份临时性的教学工作，教授初中生意大利语、拉丁语、历史与地理，为期一学年（当时意大利的法西斯主义法律禁止女性在大学和高中任教）。波齐十分珍视她人生中的这第一份工作，哪怕教学环境简陋，薪水微薄。据波齐的学生回忆，她是一位非常出色的老师，教学水平高，要求严格，能从每个学生的生活背景去了解他们的问题，并毫无保留地将爱献给这些来自贫困阶层的学生："她给每个人一个不同的微笑。"

1938年4月，波齐在米兰大学的美学讲座上主讲了自己的两篇关于赫胥黎（Aldous Huxley）的研究论文。6月，她因阑尾炎入院接受手术。7月，仍在休养的她给友人阿尔芭·宾达（Alba Binda）写信说自己"开始认真地生活了"，那时她不仅翻译了一部德国小说的部分章节，还开始筹备自己1937年就在酝酿的一个计划，那就是写作一部以伦巴第的历史文化为背景、以自己的母系家谱为线索而展开的小说——"里面必须要有一种无比巨大的人类朴素感"，为此她写信向外祖母了解其从小在伦巴第的大平原上生活的经历，身体康复后又前往提契诺河附近自己的母系祖先们生活过的贝雷瓜尔多的泽拉塔进行采风：与农民交谈，拍摄人们生活的照片。农村世界富于神话内涵的原始生命力在她的镜头下展现出来，表达着她希望自己"成为一种农耕文化"的强烈心愿。波齐一生拍摄了四千多张照片，她的摄影生涯与诗歌生涯几乎是同时开始的，这两种艺术语言在她的一生中一直相互渗透，彼此形塑，构成了她抵达"姐妹万物"灵魂的卓越之路。

然而，1938年那个致命的冬季却在一点点地逼近。1938年10月，波齐获得了继续在斯奇亚帕雷利技术学校执教的任期，但在之前的8月，她仍然为此与父母爆发了激烈的争吵："昨天，我第一次跟母亲激烈地争吵，要求重新去工作，重新回到我的学校、我的孩子们身边。他们不支持我去工作，你知道吗？他们没说，但是他们不希望我变得太独立，而我不想用他们的钱，你知道吗？我从工作中获得的所有好处，我的精神救赎，他们只字不提，也不作考虑。但我也准备离开了。"波齐在8月3日的信中对福马吉奥如此讲述自己与父母之间的矛盾。

而另一边，时代的黑暗真切地降临到了她的身边——1938年7月至8月,墨索里尼政权持续发表法西斯种族主义声明,并在9月通过了臭名昭著的"种族法"。与波齐有着深厚感情的特雷维斯兄弟一家因为犹太人与社会主义者的身份,以及反法西斯主义的立场而逃亡英国,这使她陷入了巨大的痛苦,也使她与自己的家庭在本来就存在冲突的基础上越发疏远。1938年9月27日在写给福马吉奥的信中,波齐措辞严厉地批评墨索里尼政权:"我们受够了欺凌、滥用权力,侵略成了报纸上的'神圣权力',无名人群的呼喊沦为了盲兽的呼喊,野蛮而倒退地压制一切有人性的声音,现实每天都在被颠覆……"并称自己的父亲"在这几年里,绝对已经丧失了那种主宰我们年轻人的意识:良心自由的意识"。

  1938年秋天以来,对于未来的阴暗预感、同父母之间的不信任感,以及身边友人的陆续缺席,无疑加重了波齐孤独无望的情绪,使她重新燃起的生活信念又开始破碎。而正是在她越发脆弱之际,她对福马吉奥的爱越发强烈,并越发渴望与他建立一个真正的、温暖的家庭。1937年8月28日,她就在信中对他表明了这样的渴望:"剥去身上一切多余的东西……去到穷人身边,学习方言,重新开始。没有马,没有车,没有太多的衣服,没有太多的餐具……而是只有晚上让我等待的一张亲爱的脸庞……袜子不只是为我缝的，还有可能是给我们的一只小老鼠缝的小袜子、小衣裳和小宝宝装……"然而，已经决意投身于社会斗争运动的福马吉奥并不希望将自己与婚姻捆绑，从1938年10月底开始，他们之间为此出现了越来越多的争吵，直至1938年12月1日晚，米兰音乐学院的一场四重奏音乐会上，当福马吉奥再次向波齐澄清两人的感情仍处于友情的范围内时，她最终意识到，自己渴望与一个接受她痛苦而纯洁目光的人一同扎根于生活的梦想破灭了。面对着仿佛只剩下冷漠与邪恶的世界，痛苦的孤独伴随着一种"致命的绝望"压垮了她——当天，她就写下了留给父母的告别信：

亲爱的爸爸妈妈，从未像今天这般亲爱的你们，你们一定要认为"这"[①]是最好的事情。我经受了太多痛苦……这一定是我天性中隐藏的东西，是一种神经恶疾，夺走了我全部的抵抗力量，使我无法平衡地看待生命中的事物。

我所缺少的是一种本可以成为我的目的、充实我整个生命的坚定、持续、忠实的感情……

---

① 原文为斜体，表示强调。

去年有我的孩子们也就够了，现在不是了。他们将我注视的眼睛使我流泪……

这种致命的绝望里还有一部分是对我们枯萎的青春所施加的残酷压迫……

告诉外婆，这是一场突发疾病，我在等她。

我希望被埋葬在帕斯图罗，在格里尼亚山的一块巨石下，在杜鹃花丛间。你们会在所有我深爱的水渠里又见到我。不要哭泣，因为此刻我已经安息了。

你们的安东妮娅

1938年12月2日早上，波齐仍然照常去往学校工作，9点至11点间，她在课堂上抑制不住地哭泣。出于担心，校长让她早点回家。她给学生们布置好了作业，在离开前告诉他们"要乖乖的"。她并没有回家，而是抵达了自己与福马吉奥常常去的基亚拉瓦勒区。在吞下了大量的巴比妥酸盐片后，她就像在帕斯图罗的山野间所做过的那样，躺在了基亚拉瓦勒修道院附近的冰冷草地上，静候死亡。下午时分，一位农民发现了她，随即叫来救护车将她送入医院，但她已陷入不可逆转的昏迷。12月3日，在医院抢救宣告无效后，波齐的家人在她弥留之际将她带回了家，最终在晚上7点至8点间，她那双注视过世间万物的美与奥秘的眼睛永远地闭上了。她的家人遵照她的遗愿，将她安葬在了帕斯图罗，她也"回到了故土，回到了摇篮"。

"会有人，在世间，为我寻找一束菊"

1939年，波齐夫妇为了纪念女儿，以私人限量版的形式出版了她的91首诗歌，取名为《言语》（*Parole*）。令夫妇俩没有想到的是，《言语》一经问世就引起了剧烈反响，受到了如诗人艾达·奈格利（Ada Negri）、迭戈·瓦莱利（Diego Valeri）的赞美。1943年蒙达多利出版社首次出版了面向公众的版本，收录诗歌157首。这个版本引起了埃乌杰尼奥·蒙塔莱的关注，他在1945年12月1日佛罗伦萨的《世界》杂志上为其撰写了书评。1948年，在波齐大学时代的友人、蒙达多利出版社创始人之子阿尔贝托·蒙达多利（Alberto Mondadori）的监制下，收录159首诗歌的《言语》以蒙塔莱1945年文章的增补版为序，被纳入了蒙达多利著名的"镜"系列诗歌丛书。在序中，蒙塔莱赞美波齐身上"有一种将言语的重量降至最低限度的渴望"。

继早期版本的成功后，波齐的诗歌开始被翻译成其他欧洲语言,并被重要的诗歌合集收录,受到了更多的关注与赞誉。T. S. 艾略特即是通过奥地利翻译家诺拉·维登布鲁克(Nora Wydenbruck)的英译读到了波齐的诗歌。1954年11月1日,艾略特在写给罗贝托·波齐的信中称,《言语》令他"对一个无比正直的灵魂印象深刻"。而意大利史学理论大师克罗齐之女、作家埃莱娜·克罗齐(Elena Croce)更是评价在波齐的诗歌中,"人们发现了那么多的力量与生命力……没有甜腻的语调,也没有文学上的自满,相反,那是一种自然感,在我们的诗歌世界里拥有如此罕见的、戏剧性的完整性……"

然而,当时人们所不知道的是,这些版本均经过罗贝托·波齐的大量操纵,就像他在女儿去世后对外宣称她死于肺炎那样,他希望向外界展示他所认可的女儿的"积极"形象。罗贝托·波齐不仅删除了女儿献给切尔维的诗篇中所有"致 A. M. C."的字样,还大量掩藏并且删改那些与激情、欲望、痛苦、上帝的缺失以及死亡的预感相关的诗篇。

举几个1948年版《言语》遭罗贝托·波齐删改的例子:《梦想的生活》一辑中,《重聚》《梦想之眼》《愿》均被删除,其他几首则遭到了删改,如第一首《梦想的生活》中,"是因为有你/若我以不洁的唇呼唤你/忧伤的白浪便落在脸上的你"被删除;《你本会是》的首行,波齐梦想中与切尔维的孩子的名字"安农齐奥(Annunzio)"被改成了"公告(Annuncio)",该诗末尾还被拼接上了《死的肇始》的最后一节,而后者的标题与其余诗节均不翼而飞。其他诗歌如《祈祷》中的第三、四节被删除,《潘》的标题下是被移花接木的另一首诗《晨间》。

更糟糕的是,罗贝托·波齐还对女儿的信件与日记进行了审查和清理。波齐去世后,罗贝托·波齐要求波齐的友人退还女儿寄给他们的诗篇、信件与贺卡等物。他誊写了一些信件中的段落,保留了一些他认为不太私密的信件,归还了一些,然后销毁了剩余的信件(一些没有被退还,或是被收信人誊写了的信件得以幸存),其中也包括波齐最后留给父母的告别信(后来罗贝托·波齐通过记忆重建了其中几段,详见前文)。而波齐的日记也遭到了同样的命运,大部分内容被销毁,余下的部分也同她的诗歌笔记本一样,存在着剪裁粘贴的痕迹。波齐,就如她的大学同学玛丽娅·科尔蒂所形容的,成为了"一个父辈对生活与诗歌进行偏执审查的无辜猎物"。

1964年,已担任蒙达多利出版社文学总监一职数年的塞雷尼,推出了新版《言语》,这一版本收录诗歌176首，前一部分为1948年版的布局，后一部分新增的17首诗歌则印刷出了波齐在自己的手稿中所注明的日期，并以此排序。虽然仍然没有完全恢复波齐诗歌的本来面貌，但塞雷尼希望能强调波齐的诗歌作为她灵魂日记的重要方面，并指出这些诗歌能够继续流传而不显示出任何疲劳的迹象。

自上个世纪八十年代起，在波齐家族遗产的管理者、蒙扎"至珍之血"修女会的欧诺里娜·迪诺修女（Onorina Dino）以及亚历珊德拉·切妮（Alessandra Cenni）、格拉切拉·贝纳布（Graziella Bernabò）等学者的努力下，《言语》得以收录到波齐迄今已知的322首诗歌（安柯拉出版社2015年版《言语》），遭其父删改的部分也得到了恢复，从而以真正的全貌出版，这也得益于露琪娅·鲍齐与艾尔薇拉·甘迪尼的巨大功劳。鲍齐保存了波齐写在小纸片上作为礼物赠予她的诗篇，并在罗贝托·波齐对女儿的诗歌笔记本进行干预之前誊写下了其中一些诗歌。而甘迪尼同样保存了1933年7月波齐参加意大利登山协会活动时所创作并赠予她的"诗歌礼物纸片"。《言语》全本的面世，促使波齐的诗歌被翻译成了更多的语言，并为全球更多的读者所了解和喜爱，相关影视作品也在不断涌现，比如2017年卢卡·瓜达尼诺（Luca Guadagnino）

所执导的《请以你的名字呼唤我》中的一个情节："甜茶"提莫西·查拉梅（Timothée Chalamet）所饰演的埃里奥便是将伽赞蒂出版社 1989 年版《言语》赠给了艾斯特·加瑞尔（Esther Garrel）所饰演的玛奇娅。而由瓜达尼诺制片、其伴侣费迪南多·西托·菲洛马里诺（Ferdinando Cito Filomarino）所执导的波齐的传记电影《安东妮娅》则于 2015 年上映。如今，波齐被认为是意大利最伟大的诗人之一，米兰的一条街道以她为名，她的诗歌力量已经远远超过了蒙塔莱所谓的"点"而向世人展示着其超越时代的丰饶与光芒，以及一个充满激情且内心自由的女性对意义所进行过的孜孜探求。

上个世纪八九十年代，我国意大利语翻译家吕同六先生和钱鸿嘉先生曾翻译过波齐的诗歌，虽然仅有数篇，却仍受到不少诗歌爱好者的追捧。我从 2012 年开始阅读波齐，2014 年夏天开始动笔翻译，2024 年，我在与我的意大利友人马可·纳坦尼尔·纳波（Marco Nathaniel Nappo）与贝阿特丽齐·博格丹（Beatrice Bogdan）的讨论中完成了《言语》全集的翻译，所依底本为格拉切拉·贝纳布与欧诺里娜·迪诺所编辑的安柯拉出版社 2015 年版《言语》，并参照了亚历珊德拉·切妮所编辑的蒙达多利出版社 2021 年版本。部分注释的编写参考了此两版中的注释，以及波齐的书信集《我在我的旧书桌上给你写信》(*Ti scrivo dal mio vecchio tavolo*)与日记集《我感觉自己活于一种命运里》(*Mi sento in un destino*)的内容。如今我从全集中选出了162首具有代表性的诗篇，并以其中一首诗《轻盈的奉献》为书名，希望读者能跟随诗人"悸动、欢笑、怀旧、热情的灵魂"，领略到波齐诗歌中鲜明而细腻的意象、空灵而深邃的抒情、静谧而危险的声音，以及富于敏锐生命力的、脆弱与勇气兼具的美。《八山》的作者、意大利当代作家保罗·科涅蒂（Paolo Cognetti）在他2021年出版的《安东妮娅》的最末总结道："决定早一步离开的她，才是那个会经受住时间尘埃的人。"在"超越渺小的自我"，付出了"创造出讲述我们人类手足们的爱、痛苦、生命与死亡的言语"的"神圣努力"，以"克服没有生命力的言语的惰性重量，使它们活起来"之后，她留下了为诗歌所见证的永恒，在那里，就如她所预见到的："会有人，在世间，为我寻找一束菊。"我们将不断地与她相遇。

梵子

2025年1月，成都

若我的言语可以献给谁

这一页会印着你的名字。①

---

① 这段文字写于波齐的三本亲笔签名笔记本中的第一本首页,是给安东尼奥·玛利亚·切尔维的献词。安东尼奥·玛利亚·切尔维(Antonio Maria Cervi, 1894—1966),意大利古典学者,曾于波齐就读的亚历山德罗·曼佐尼高中担任拉丁语和古希腊语教师,是波齐的初恋,也是其一生最深刻的爱恋。

对蓝的预感

今天早晨
我在窗边待了许久,
又遥望起了天空:
没有纱似的雾,
但有一块厚重的灰布。
云仿佛被裁了下来,
一朵又一朵,
紧紧相黏,
饱满、整齐地密合着。
我觉得如鸟儿般
优美地直冲而上
一头飞进那里面去,
我就不会迷失于
一道道弯弯曲曲的
朦胧云雾里,
而是会从另一边

穿出，顿时没入
鲜明、浓烈的蓝。
然后，我就能从那里归去，
怀着被延长的平静，
小心而妒忌地摩挲着自己
扑上水珠的灵魂。

      米兰，1929年4月13日

给一座墓的献礼[①]

致 A. M. C.[②]

你让我从高处看见

鳞次栉比的屋宇外不远,

黑暗的柏树

直直地指向蓝天,

守护着

墓园白色的大理石。

我想到了一座

我从未见过的墓,

[①] 指安农齐奥·切尔维的坟墓。安农齐奥·切尔维(Annunzio Cervi, 1892—1918),安东尼奥·玛利亚·切尔维的兄长,意大利诗人,1892年出生于萨萨里(Sassari)。1908 年前往那不勒斯攻读古典文学专业,后在文学杂志《狄安娜》(La Diana)上发表作品,与翁加雷蒂(Giuseppe Ungaretti)、费乌米(Lionello Fiumi)等诗人相识,被认为是"那不勒斯先锋派"中最具原创性的人物之一,波齐的创作亦受其影响。1915 年意大利与奥匈帝国的战事爆发,切尔维同年参军,1918 年 10 月 25 日阵亡于格拉帕山(Grappa)的战役。

[②] 即安东尼奥·玛利亚·切尔维(Antonio Maria Cervi)。

那一刻

我仿佛颤悸着心

在那里放上了

一束鲜艳的

红色康乃馨。

1929年4月17日

午间
致 L. B.[①]

身处这片流金的阳光

我是

一枚毛绒绒的蓓蕾

被一根线残酷地捆绑

以致

沐浴着光

却开不出花。

而你是我身边

碧草的怡人凉爽

令我想

[①] 露琪娅·鲍齐（Lucia Bozzi, 1908—2011），波齐的挚友，保存了波齐生前赠予她的诗篇，并誊写了波齐笔记本中的部分原诗，极大地恢复并充实了波齐全著的内容。1941 年，鲍齐在维泰博（Viterbo）的圣斯考拉斯蒂卡（Santa Scolastica）修道院成为一名本笃会隐修女，改名为玛切丽娜修女（Suor Marcellina）。此外，鲍齐也是一位中世纪拉丁文学者。

迷乱地沉浸其中
甚至令我想化为
绺绺迷醉之绿——
将我最炽烈的痛
扎于细长的根柢
使我与大地合二为一。

　　　　　　　米兰，1929 年 4 月 19 日

又一次歇息

致 L. B.

把头倚在我的肩上:
好让我动作柔缓地摩挲你,
好像我的手在穿
一根长长的、看不见的线。
不仅在你的头颅上,在所有
饱尝苦痛与疲惫的额头上
都落下了我这盲目的爱抚,
像秋天枯黄的树叶
落在映照着天空的水洼里。

米兰,1929 年 4 月 23 日

遥远的爱

我记得,我住在
平原之中,妈妈的屋里时,
我有一扇窗,可以望见
草原深处,提契诺河①
掩映在两岸树林间,更深处
还有连绵的昏暗丘陵。
那时我仅仅见过大海
一次,但我对它存着
一份恋爱时才有的苦涩怀恋。
黄昏时分我注目着地平线,
双眼微垂,轻抚着
睫毛间的轮廓与色彩:
一道道山丘平坦了下来,
颤动着,蓝蓝的:我觉得它像海,

---

① 提契诺河(Ticino),由瑞士边境流入意大利北部的一条河流。

比真实的海更让我喜爱。

米兰,1929年4月24日

分 离
致 T. F.①

你,离去了。
你并不渴求
我内心拥有,却无法倾诉的言语。
门口处,我们的吻
(很轻柔,因为你刚给脸扑上了香粉)
被来自楼道的一束炫目
强光,几乎劈成了两半。
我依然
长久地坐在我的桌边,面对着
妈妈的一张旧的小相片,
玻璃内死死地映出了
我灼热、干涸的双眼。

米兰,1929年5月9日

---

① 特蕾西塔·佛斯基(Teresita Foschi),波齐高中时的校友。

释　然

今天傍晚一片拉开的天，
鼓满了白色，仿佛一面
巨帆，被一点粉色与紫色
一针一线地缝于屋顶边缘。
一群尖叫纷舞着的燕子
使光拘谨的律动
激烈地飞掠而过，
而我血液的鲜红之热
刹那间，褪色为泪，
明澈纯净犹如水滴。

　　　　　　　　米兰，1929 年 5 月 20 日

风

致 A. M. C.

风孜孜地扫出了

沐浴着阳光的蓝天之路：

云眼含怒色①，不情愿地

让开身去。繁茂的草

在此扭动着，翻涌着，

闪颤着银光；我沉浸在草丛间

直至双膝着地：我看见颤动

一股股地向我吹袭而来；我感受到

它们在我血中奔流着，疯癫、狂乱；

全惴惴不安地化为了

取着你名字的唯一一丝颤抖。

米兰，1929 年 5 月 28 日

---

① 此处可能暗指乌云被风吹开。

空

致 A. M. C.

昨晚的星辰

稠密得像我时钟的滴答声。

今晚它们都落到了街上,

在附近扩大,我们唤之为灯。

头顶上空仅仅留下了

几颗寥落的碎屑之星,

几颗微明遗落在了

静止不动的辽阔之中:

天空盲目而呆怔

恍若一盏空杯。

我望着遥不可及的夜蓝,

以便不见自己的所作所为,

我从你身边走开

像一堆行尸走肉,

没有哭泣,没有呼喊:

我甚至不会祈祷,

哪怕是为了你阵亡的兄长。

米兰,1929 年 5 月 30 日

干草的气味

不知从何处透出了

这缕干草的气味:

它载着一片翅膀之重

从遥遥远方飞来。

它瘫软了,任由自己

袭上我,狂乱地放弃着,

犹如一个生灵的呼吸

无法再存续。

它在这中断的未知之途间流下的泪

全颤动在我不洁的灵魂里,

像那只蟋蟀沙哑的嗡鸣,在花园里,

啮咬着幽暗的孤寂。

米兰,1929 年 6 月 1 日

躺

此刻仰泳

所带来的温柔湮灭,

随阳光扑面而来

——红色穿过轻阖的眼帘

刺入脑海——

今晚,在床榻上,以同样的姿势,

幻想纯白,

瞳孔放大,

啜饮

夜白色的灵魂。

圣玛格丽特,1929 年 6 月 19 日

闪　电

今夜一片震荡的天空
现出黑云笼罩的病容,
以明耀的闪光
磨快着使我失眠的渴望,
使之坚硬闪亮
如一把钢刀。

　　　　　　圣玛格丽特,1929年6月23日

高　热

夜之初，
蟋蟀亢奋的嗡鸣
揉擦、灼烧着我的额角，
血红的月
将赤色的幽灵
烙上了我成熟的肉体。

之后，妈妈，轻轻地
走了进来，
一颗微微扑闪的星
染红了她的手心：
妈妈将一只萤火虫
捉给了她病中的女儿。

圣玛格丽特，1929 年 6 月 24 日

天　真

烈日之下

狭窄的船里

颤栗地

感受着我的膝

与一个男孩纯洁的裸膝相触,

为血中孵着他不知晓之事

而迷醉地痛苦。

　　　　　　圣玛格丽特,1929 年 6 月 28 日

平　静

致 A. M. C.

听：

多么近的钟声！

看：白杨树，在林荫路上，探身

拥抱这音律。每一次钟鸣

都是一次深深的爱抚，是静谧

所展开的天鹅绒斗篷，自夜晚而降，

笼罩了屋宇和我的生命。

周围的一切，庞大而阴翳

如所有童年的回忆。

把你的手给我：我知道我的吻下

你的手，曾有多痛楚。把它给我。

今晚，我的唇没在燃烧。

我们就这样去走走：长路漫漫。

我读出了一大段未来

像看向眼前的一页纸

然后,视线猛然堕入

未知的黑暗,恍若这页

白纸,被齐整整地,撕开于

深色的书桌台布上。

但来吧,我们去走走,哪怕是未知

也不会令我恐惧,倘若你在我身畔。

你让我纯白良善如一个小男孩

在念完祷文后沉沉入眠。

卡尔尼索,1929 年 7 月 3 日

哲　学

我再也找不到我的哲学书了。
我曾用小木车拉着一个小宝宝，
　八个月大的小家伙——软乎乎的，淌着口水，咯咯笑着——
那本碍手的书，被我扔在了一边。

那个小男孩的哥哥，
两岁时，跌进了一口沸腾的开水锅：
二十四小时后，他死了，惨烈地死去。
本堂神父笃信他成为了小天使。

他的妈妈不愿前往墓地
去目睹他们为了她，而将他安葬在什么地方。
对乡下人而言，哀悼是一种过分的奢侈：
她的妈妈不着黑衣。

然而，当这个新的小生命
用小手，捏她的面庞，
她便寻觅起自己过往的笑：
她只寻到一抹朦胧的笑——一个幽幽的、可怜的笑。

今天，从一位女人那里，我听说
这位妈妈，不愿再走进教堂。
今晚，我无法学习，
因为我丢失了我的哲学书。

卡尔尼索，1929年7月7日

泪

女孩,我看见你今晚流下了泪,
而你的妈妈在弹奏:你才活了
短短十五岁,就流下了这眼泪。
我知道,也许我们作为生灵
皆诞生于一片永恒的忧虑:海;
我知道,生命在搜劫、折磨
我们的存在时,还从灵魂深处
挤出了一点作为我们起源的盐。
然而咸涩的泪并非属于你。
让我成为唯一饮泣的人吧,若是
有谁弹唱出,某一首悲伤的小曲。
音乐:一个深邃、颤栗之物
像一个凝着颗颗星辰的夜,
像他的[①]灵魂。让我饮泣吧。

---

① 原文为斜体,下同。

因为我永远无法拥有——你懂么?——

星辰,

与他。

      瓦雷泽-米兰,1929年7月11日

狂野之歌

我曾在晚霞中,欢乐地呼喊。
我在荆棘丛中寻找过仙客来:
我攀登到一块皱巴巴地隆起,
四周灌木破土而出的岩石底。
嵌满巨石的草地上,
雏菊金黄的头颅上,
我的发丝上,我赤裸的颈上,
风从高天溃散着吹来。
我曾在下降时,欢乐地呼喊。
我爱慕过陡峭而狂野的力量,
它让我的双膝渴望腾跃向上;
未知而童贞的力量,将我
如弓一般引满至蓄势待发。
一路都曾是仙客来的芬芳,
草原曾在衰竭于阴影时
仍微颤于金色的抚爱。

远处,一片三角形绿地上
曾徘徊着阳光。那时我真想
纵身一跃,扑向那片光,
躺在阳光里,赤身裸体,
以便垂死之神① 能贪饮
我的鲜血。后来的夜里,
我真想横卧草地,血管空尽:
星辰——会狂怒地砸向
我枯竭、僵死的肉体。

　　　　　　　帕斯图罗,1929 年 7 月 17 日

---

① 指太阳。

无奈之歌

致 A. M. C.

来吧，我甜蜜的朋友：我们
将随着坚硬的白色道路
行至整座山谷变得幽蓝[①]。
来吧：行走在你的身畔
是多么美妙，哪怕你不爱我。
周围是多么的绿，百里香
多么馥郁，镀金的天空下，
山岭，是如此空旷：
仿佛你也像爱着我一样。
我们将向下走去，抵达那座
为激流的轰鸣所支撑的桥：
你将在那里继续你的前行。
而我将留在石滩，

[①] "幽蓝"是诗人眼中事物在阴影状态下的色调。

在水漫不到的灌木丛间，
在如蹲伏羊群的脊背般
闪亮、静止的圆石间。我的泪
好似玻璃，无异于无瑕的透镜，
我将从中看见星星的叠影。

帕斯图罗，1929 年 7 月 18 日

歌唱我的裸躯

看着我：我赤身裸体。从我
一头不安而慵懒的秀发
到我充满张力的纤细脚足，
我整个人尚未成熟的瘦削
全被一层象牙色套住。
看：我的肉体苍白。
可以说，没有鲜血流过。
没有红色透出。唯有倦怠的
蓝色心跳淡入胸口中间。
你看我的小腹多么深陷。腰际
曲线变幻不定，但我所拥有的
膝盖、踝骨与所有的关节
却瘦而坚硬，像一匹纯血动物。
今天，我赤裸着，在一间明净的
白色浴室里后仰着身，而明天，
我将赤裸地躺在一张床上后仰着身，

若是谁将我拿去。总有一天,赤裸、
孤独的我,将深深地仰卧于
土地之下,在死亡已唤走我之时。

       巴勒莫,1929年7月20日

苹丘[①]上的露台

致 A. M. C.

从林荫路,到广场,夹竹桃
苦涩的芳香一浪涌过一浪。
罗马,无边无际,随钟声的掠过
一点点地暗了下去。没有一张脸,
没有一道声音,也没有一个动作,让我握于四周:
唯有你的灵魂,唯有被你的纯洁
染白的我的爱。不久之后,
因无限的等待而枯槁的天空中,
会喷薄出一片熙熙攘攘的星辰。

罗马,1929 年 7 月 27 日

---

① 苹丘(Pincio),意大利罗马市区的一座山丘,在山上可以俯瞰到罗马城。

逃 离

致 A. M. C.

灵魂，我们走吧。不要惧怕
太多寒意，不要凝视湖水，
若是它让你想到一抹
瘀青蠢动的伤。对，云
正把松林压得阴郁。
但我们将去往树枝缠绕，
浓密得令雨沾湿不了
土地之处：轻柔地，
敲打着幽暗穹顶的雨，
将伴随我们前行。
然后我们将踏上一层
残落的柔软针叶，以及成簇
卷曲着的地衣与蓝莓；我们
将绊倒于树根间，四肢绝望地
摸索着大地；我们将紧紧地

靠着树干,以作支撑;
我们将逃离。我们将穷尽
身心的力量,逃离:
远离这个吸引并拒斥我的
恶毒世界。你将是,傍晚,
松林里,俯身守护一切的
影;而我在你眼里,将只是
没有终点的甜蜜之路上,
一个把自己的爱攥住的灵魂。

    马东纳迪坎皮利奥,1929 年 8 月 11 日

白云石山[①]

这些苍白的尖顶,不是山,
是山的灵魂,以上升的意志
矗立而起。我们攀爬于
未知的坚固:一步又一步,
手指紧张地弯曲,
四肢匍匐前行,
我们攻占着岩石,如掠食者般
饥饿地,将我们柔软的肉体
挪上石块;我们醉于无限,
并将我们燃烧的脆弱
升至陡峭的山顶上空。而低处,
刚硬的岩石在哭泣。从黑暗、
深邃的裂缝里,流下了明亮的

[①] 白云石山(Dolomiti),即多洛米蒂山,属于阿尔卑斯山脉,位于意大利东北部,以其白云石所构成的白色岩壁或山顶(Le crode)而闻名。

涓涓冷泪：它旋即消散于
坍塌的巨石下。但那周围，
勿忘草所绽开的朵朵蓝花
却将水汽泄露，而来自远处的
声声悲鸣，正为人所闻，犹如
大地的抽泣，时断，时续。

  马东纳迪坎皮利奥，1929 年 8 月 13 日

日 沉

致 A. M. C.

白云石①上,终年不绝的黄昏
玫瑰田,已然又绽出了花。②
远方的牧房,今已废弃在了
杜鹃花之间。将我们的后颈
啮咬的峡谷之风,不再呻吟。
松林潮湿的静谧升起。
天空中最初的幽暗,被落叶松
与冷杉,用树顶窃出,并往下
倒去,直至顺着成绺弯垂的
枝叶,流向大地:缓缓地,
流上苔藓与蓝莓,使其发紫;

---

① 即白云石所构成的白色岩壁或山顶(Le crode)。
② 此处描写的是白云石山每至黎明与日落时分,都会被霞光染上一层粉红、橘红或暗红,如同玫瑰田开花一般的美景,该现象拉丁文被称为"Enrosadira(染山霞)"。

流上小路的石头，使其幽蓝。

在我疲惫、绝望的记忆里，
你粉碎后又由阴影与静默构起。

   马东纳迪坎皮利奥，1929 年 8 月 14 日

晕 眩

揽住我的腰,
朋友①。壁架②狭窄。
深渊是一圈圈可怖的旋流
想把我们吸入。
你看:这一列列悬崖狂喜着
从绿茵的斜坡上飞射而起,
好似一座无边的墓地,
立着白色之石。
我想一头扑入
那令人晕眩的流动里;
我想袭上一块坚硬的岩石,
把它连根拔起,砸碎它;我,

---

① 指波齐的登山向导奥利维耶罗·加斯佩里(Oliviero Gasperi, 1900—1965)。加斯佩里是当时活跃在意大利东北部布伦塔山组(il Gruppo del Brenta)的知名向导之一,波齐在其帮助下完成了自己在该地区的首次攀岩。
② 山壁上向外突出的一侧,登山者可在其上行走、停留。

想用自己瘦削的手,

从它身上,如从墓园的

十字架上,探到予我生之光的

唯一一个词①。然后我会

一口一个欢乐地,饮下我的血。

揽住我的腰,

朋友。雾,正经过

我疯狂的梦魇,将之抚至迷散。

不久之后,我们会望见雾从山谷上方

展开落下:而我们将立于山巅。

揽住我的腰。哦,你犹疑的眼睛

是多么甜蜜

你纯净如蓝玻璃的眼睛!

帕斯图罗,1929 年 8 月 22 日

---

① 原文"una parola sola che mi desse la luce"脱胎于意大利语中对"分娩、生育"的表述"(将孩子)带向光明(dare alla luce)"。

石　楠

致 L. B.

绿茵茵的草原上

我们辛苦

无用地笑抽在地,

一张一缩痉挛挣扎着的声音

交织着

黑白成群的白顶䳭①的啼鸣。

树林里

你为我

轻咬榛果的兽性不安

送上了属于死者的青紫石楠,

我晦暗不明的爱

---

① 白顶䳭（jí），学名 Oenanthe hispanica，意大利语名为 monachella，一种属于雀形目鹟科的鸟类，毛色黑白相间。

被酸涩的泪

洗得闪闪发亮。

帕斯图罗,1929 年 8 月 26 日

祝　福

致 L. B.

额角对额角

我们的高热

彼此传递。

外面，星辰久久地闪烁，

常春藤，伸出祝福之手①

拢着颗颗淡淡的闪光。

在我渐暖的屋里，

你对我讲起他人

所不知的奇伟之事。

远方，

浩荡的水声

---

① 原文"palme"在宗教语境中指棕枝主日（Domenica delle palme）受祝福而被分发给信徒的棕榈枝或橄榄枝，后者更为常见，并传达着《圣经》诺亚方舟传说中，洪水退去，白鸽衔着橄榄枝带来和平讯息之意，进而引申为诗意的"带来祝福的手"，以上意象均与本诗相关。

咆哮着未解的言语，

或许它在祝福你，

甜蜜的姐姐，

以我的爱与你的忧愁之名，

祝福着你，

我存在的

白色羽翼。

帕斯图罗，1929 年 9 月 7 日

辽 远

哦,让我,让我成为
一个无主之物,
穿越这些
暮色降临的古老之路——

哦,让我,让我如影般
迷失于影影幢幢——
双眼,
两只酒杯
举向残晖——

别问我——别问我
渴望什么,
是什么,
若身处人群于我是空,
空无中是我成群的

神秘幻影——
别寻觅——别寻觅
我所寻觅的,
若天空终极的苍白
为我照亮了一座教堂的门,
并推着我进去——

别问我是否祈祷,
为谁祈祷,
为何祈祷——

我进去
只为拥有一丝停歇、
一张长椅,以及令姐妹万物①
可于其间言说的静默——

因为我是一个物——
一个无主之物

---

① 波齐在 1933 年 1 月 29 日写给诗人朋友图里奥·加登兹(Tullio Gadenz,1910—1945)的信中如此说道:"可怜的万物,在自己巨大的沉默中经受折磨,我知道,感受这些对我们的痛苦缄默无言的姐妹们,意味着什么。"

正穿越自己世界的古老之路——

双眼,

两只酒杯

举向残晖——

> 米兰,1930 年 10 月 18 日

十一月

以后——若我碰巧走了——
我的世界
会留下
我的一些存在——
会留下声音之间
一痕痕微微的静默——
蓝天中心
一缕缕淡淡的白色——

十一月的一晚,
一个赢弱的小女孩
会在街头一隅
卖一束束菊,
会有星星
冰冷遥远地泛着绿——
会有人饮泣,

谁知在何地——谁知在何地——
会有人在世间
为我
寻找一束菊，
当我碰巧该走了，
不再回来。

米兰，1930 年 10 月 29 日

预　兆

余晖踌躇于
白杨交错的指间——
颤于寒意与等待的阴影
在我们背后
缓缓地将树的臂膀围住
令我们愈加孤独——

余晖坠到
椴树的枝冠——
天空中白杨的手指
戴着星辰指环——

有什么正从天空
向着颤抖之影降落——
有什么正穿过
我们的黑暗

像一道白光——
或许那仍然
什么也不是——
或许那会是
明天就来的人——
或许会是我们的泪
生出的一个造物——

     米兰,1930 年 11 月 15 日

姐姐们[①]，你们不介意……

姐姐们，你们不介意
今晚我也追随
你们的路？
无言地
穿过尘世的黑暗之途
穿过你们幽思的白色之途——
是如此甜蜜——
感到自己是光的边缘
渺小的阴影
是如此甜蜜——
将自己的心靠向静默
是如此甜蜜，

[①] 指友人露琪娅·鲍齐与艾尔薇拉·甘迪尼（Elvira Gandini, 1908—2005）。

仿佛灵魂仅仅是

聆听着你们的灵魂行进——

仅仅是目不转睛地

将万物的灵魂窃取

就变得更加深邃——

姐姐们,如果你们不介意——

我会在每晚,

追随你们的路,

想象一片夜空中

两颗白色的星

领着一颗盲眼的小星星

朝大海怀抱而去。

米兰,1930 年 12 月 6 日

关闭的门

你看,姐姐①:我累了,
劳累、破败、动摇,
像一扇窄门上的铁杆
限制着辽阔的庭院;
像一根旧铁杆
终其一生
都在阻挡被困的人群
向外冲荡的逃离。
哦,被禁锢的言语
狂怒地敲打着
敲打着
灵魂之门,
灵魂之门
一点又一点

---

① 可能指露琪娅·鲍齐。

冷酷无情地
关闭了!
开口日益狭窄
进击日益艰难。
最后一天
——我知道的——
最后一天
当唯一的一束光
从最后一线门缝
泻入黑暗,
未诞生的言语
将以滔天的巨浪、
骇人的冲撞、
致死的尖嚎
去最后一次梦想着太阳。
然后,
永远关闭的门后
将是完整的夜、
凉意、
沉寂。
然后,
双唇紧锁,

双眼睁向
阴暗的神秘天空,
出现的将是
——你知道的——
宁谧。

        米兰,1931 年 2 月 10 日

在生命之岸

我沿着常走的路回去,
时刻如常,
走在一片没有燕子的冬日天空下,
一片没有星辰的金色天空下。
阴影压上眼帘
如一只蒙着纱的瘦长之手,
又如弛缓下来的徘徊脚步,
太过熟悉的路,
荒凉、
静默。
两个男孩冲出
一条黑暗的过道,
手臂向前一挥:
被惊吓到的影子
便画上了

摇颤飞过的浅色彩带①。

钟呼喊着,

全因骤然的觉醒

而呼喊,

因神秘的奇异②而呼喊,

如同呼应着一个神圣的宣告:

灵魂随瞳孔

洞开于

生命的腾跃。

孩子们停下了脚步,

双手相交着③;

而我停下脚步,

为了不踏上

丢弃在道路中央的

黯淡彩带。

孩子们停下脚步,

---

① 指彩带烟花(stelle filanti),是狂欢节等节庆活动上用于投掷抛撒的彩色纸带,也可由礼花筒放出或用小喇叭吹出,因其散落时犹如流星坠落而得名。
② 原文为"meraviglia",可指对诗人而言,身边的所有景象是一种奇迹,也可指诗人为眼前之景感到惊异。
③ 原文为"Sostano i bimbi/con le mani unite",可指孩子们手牵着手停下脚步,也可指孩子们在诵经的钟声敲响时停下脚步,双手做出祈祷动作。

用稚嫩的声音唱着

高昂的钟之歌:而我停下脚步,

想象自己今晚驻足于

生命之岸,

像一簇灯芯草

摇颤于

流动的水之畔。

米兰,1931年2月12日

四月的夜晚

月光,温柔地
从窗玻璃的另一边照进来,
落在了我的那瓶报春花上:
看不见月亮的我,想象它
也像一朵巨大的报春花,
怔怔地,
孤独地,
开在天空夜蓝的草原上。

米兰,1931 年 4 月 1 日

乡　愁

云间有一扇窗
你本可将手臂
没入成堆的粉红,
探身朝向
彼处的
金色。
是谁在不让你走?
为什么呢?
此处有你的母亲
——你知道的——
你的母亲正伸首
等着看见你的脸。

金斯顿^①,1931 年 8 月 25 日

---

① 金斯顿(Kingston near Lewes),英国城镇,位于东萨塞克斯郡刘易斯区。此时波齐在父亲的安排下前往英国学习,也是为了使其疏远切尔维。

草　原

偶尔你发觉心中
有什么在呐喊着：
"此生是
你存在内部的空，
你所谓的光
是一场眩惑，
你病态的眼里
终极的眩惑——
你所假想的目标
是一个梦，
使你的软弱
可耻地现形的梦。"
或许就不是真的。

或许生命的确是
你在青春时代所发现的：

一种永恒的气息,
从天空的一处飞向另一处
寻觅着谁知是怎样的高度。

而我们好似原上的草
感受到风吹过身上,
皆歌唱于风中,
皆常存于风中,
但又无法长得
能够停下那至高的飞翔,
也无法从大地一跃而上
以溺毙其中。

米兰,1931 年 12 月 31 日

号　叫

没有上帝

没有坟墓

没有什么恒常不动

只有逃跑着的活物——

昨日不再

明日不现

盲于虚无——

——救救我——

因为苦难

无从结束——

1932 年 2 月 10 日 [①]

[①] 波齐在 1932 年 3 月 1 日写给切尔维的信中说道:"2 月 10 日黄昏,我因为害怕失去你而神志不清,后来的几个小时中,我写下了这些文字……"

雪

雪被风
从屋顶掀至纷飞,
其他
更安静的雪
被另一只
神秘的手
掀动在天空——
寒雪纷飞于灵魂上空,
而你不想懂,
你,
悲伤的灵魂,
可怜的灵魂,
还想做梦,
直至一只
神秘的手
也掀走你

冬日白色天空似的梦，
使之在点点雪花中
随风
而逝。

1932年2月10日

界　线

无数次我回想起
我上学时用的绑书带,
灰灰的,且污迹斑斑,
仅用一个安全的结
就将我整个人同我的书
系紧——
而那时既无
这令人惶然的越界
这不着痕迹的闯入
也并无这尚不是死的
迷途——
无数次我哭泣着,想起
我的绑书带——

　　　　　　　　　米兰,1932 年 4 月 16 日

恐 惧

你赤裸如荆棘
在夜间的平原
以疯魔的眼掘出阴影,
目数伏击。
你如一株瘦长的秋水仙
随着你幽灵的紫色花冠
颤栗于
诸天黑暗的重量之下。

米兰,1932 年 10 月 19 日

祈　祷

上帝，你听见
我已再无声音
去复述
你隐秘的歌。
上帝，你看见
我已再无双眼
去注视你的诸天，你
令人慰藉的云彩。

上帝，为了我全部的泪，
请还我一滴你，
使我重生。

因为你知道，上帝，
久远的以前
我的心里也曾坐拥

整整一座湖，一座将你
映照而出的巨湖。
但我的水已全被饮尽，
哦，上帝，
此刻我的内心
嵌着一个空空的、
看不见你的地洞。

上帝，为了我全部的泪，
请还我一滴你，
使我重生。

1932 年 10 月 20 日

林中的梦想

在一棵冷杉下
终日
昏睡,
愿最后一片天见于
远远交缠着的枝叶
深处。

愿傍晚
一只狍子
会钻出密林
用小小的脚印
去描饰
雪,
愿黎明时分
鸟儿们
会狂乱地

以歌声装点风。

我
在冷杉下
平静得
如一件地上之物
如一簇石楠
被冰霜焚燃。

1933 年 1 月 16 日

山丘上的梦想

橄榄树下的我

想在一个凉爽的清晨

向上走

去问候

轻盈的

银色树冠彼端

苍白的阳光

与云朵朝着海

缓缓而去的飞翔。

我想从树干的空洞里

采撷一束

盛开的长春花,

走过圣栎树下

幽暗的林荫路,

把我的蓝色礼物捧在胸旁。

我想如此这般
同布满常春藤的
古老城垣
擦身而过,
去敲响修道院的门。

我想成为一名沉默的僧侣
穿着自己绳编的凉鞋
走在庭院的拱顶下,
前往古老的圆井口
汲来水
给薰衣草和玫瑰
解渴。

我想
在我的修行室前
拥有四米宽的土地,
每晚
借着第一群星星的光
缓缓地
为自己掘一处墓穴,
想象兄弟们

在最甜蜜的晚霞中

唱着赞美诗

走来，

把我平放进

薰衣草花丛中间，

并把我这双无力的手

像死去的

花朵般

交叉着

放在胸前。

阿西西[1]，1933 年 1 月 24 日

---

[1] 2021 年蒙达多利出版社版本（编者 Alessandra Cenni）标注了此地，2015 年安柯拉出版社版本（编者 Graziella Bernabò、Onorina Dino）则并未标注。

害 羞

若我的某些贫乏之语
令你欢喜
若你将此事诉与我
哪怕仅仅是用眼睛
我也会展开
一个幸福的微笑
可我颤抖得
像一位年纪轻轻的妈妈
连脸也红透
若是一位路人对她说
她的孩子很美。

1933年2月1日

月　光

哦，冬日浩瀚的天
哦，白色的月
哦，星辰
荒凉、朦胧——
哦，深邃的黑暗中永恒的花——
嘴里有哪一口雪水
曾清冽到
如心灵的夜里
你们宁谧的光？

灵魂在月光里泛着白
——犹如一座坟墓——
石头下面却奇妙地
重生着——被摧毁的花园。

被践踏的草又立了起来

枯死的树又活了过来

一口口地——啜饮着

冰冷剔透的天蓝色①甘露——

梦从漫长的昏睡中

醒了过来——

古老的银色歌谣

醒了过来——

哎——那只是

被埋葬的摇篮

哭出了声。

1933 年 2 月 13 日

---

① 天蓝色在西方文化中象征着天国及其神性与纯洁、安宁与无限,是马利亚斗篷的颜色。本书中的"天蓝"不仅指颜色,也与其所代表的上天的神圣意象有关。

海 港

我来自遥远的海——
我是一艘船
被海浪
被风抽打——
被阳光侵蚀——
被飓风
折磨——

我来自遥远的海
载着无数
散乱之物,
腐败的
怪异水果、
撕裂的
朱红丝缎——
水手们光亮的手臂

筋疲力尽

斜桁①被拉下

风帆被收起

绳索被泡湿

一块块甲板

被沤坏——

我是一艘船

一艘身负着所有

经受航行并受苦的暮景

所烙之印的船——

我是一艘船

沿着一切水岸

寻求停靠——

受伤的船又梦想起

最初的港湾——

若它旅途的航迹

被疲惫的海浪

---

① 船体构件,是纵向安装于桅杆上的长杆,使用时会被拉至桅杆上方,向船头倾斜,以支撑大三角帆。

遮去，
这旅途又有
什么意义？

啊，心灵一定能
从一切波涛里
寻回
自己的航迹！
啊，心灵一定能
回归
自己的海岸！

哦，你，永恒的海岸——
你，我的迁徙之魂
最后的归巢——
哦，你，陆地——
你，故土——
你，我的水上之途
深邃的根柢——
哦，你，我的漂泊之苦
所含的宁静——
哦，请迎接我进入

你的码头之间——

你，港湾——

愿你被倾入

一切死亡的负载——

愿你的怀中

缓缓地降下铁锚——

愿你的心中梦想着

一个朦胧的傍晚——

当残破

沉重的船

因太过老旧

太过劳累

而沉毁于

你缄默无言的

水中——

1933年2月20日

柯斯梅丁圣母堂①

哦,你甜蜜苍白的祭坛

柯斯梅丁圣母堂

在帕拉蒂诺山②

赤红的土地

与黑暗的松柏下——

小小的教堂

为了在黎明时分

佩戴上

白色的丁香而生——

为了灵魂的婚礼

而生

哦,为了一个孩子的葬礼而生……

---

① 柯斯梅丁圣母堂(Santa Maria in Cosmedin),又称希腊圣母堂,位于罗马市区。波齐在结束了与切尔维的恋爱后,参观了此地。
② 帕拉蒂诺山(Palatino),罗马市区的一座山丘,以其遗址公园而闻名,与柯斯梅丁圣母堂相邻。

此刻的你

在你大理石间

火烛的昏暗里

守护着

这个我所带来的死孩子——

这个可怜的

梦——

你为我将他供奉上

你的

祭坛——

罗马，1933 年 4 月 8 日

海上的星

美好的小星星——
全是我的——
全是我的——
你们随海的涌动
经过
我洁白的枕头——

美好的小星星
你们将自己
明亮的光线
交织在我指间
看——若我——向你们
张开手
像一簇光秃的灌木——

美好的小星星

你们从手里

坠落而下

看——若我——摇摇手

像风吹动一枝繁花——

星辰——

金色的冰雹——

你们长久地

滂沱于

赤裸的心上……

    那不勒斯-巴勒莫，1933年4月9日-10日

谣

人人都去自己想去的地方
各买各的忧伤——

甚至去往一家黑暗
阴森的店铺里,
灰尘遍布、
半价抛售的书之间——

徒劳无用的书——
所有的**古希腊悲剧**[①]——
但假如你已不懂
古希腊语了——
你能否告诉我你为何
买下它们?

[①] 原文大写,下同。

徒劳无用的书——
给孩童的诗——
画着五颜六色的
小玩偶——
但假如你并没有
孩子
你
能否告诉我你为何
买下它们？

假如你绝无可能
会有孩子了
你又能否告诉我
你为谁
如此
挥霍
你的钱？

人人都去自己想去的地方
随心所欲地——
各买各的忧伤——

甚至

就在这里——

　　　　　　米兰，1933年5月12日

西西里之景

被新生小麦
披上嫩绿色的陡坡处
骑行着
一个女人——

她将马鞍上的儿子
安放于怀间
以使他不受颠簸地
沉眠——

她缓缓望向阴云密布的天
把斗篷边檐
拉到了
额头前——

孩子

被完全裹藏——

显得就像

马利亚身处逃难路上——

1933年5月16日

阿尔卑斯之水 [①]

欢喜得如你那般歌唱,激流;

欢喜地笑着

感觉到嘴里的牙齿

洁白如你的河滩;

欢喜于自己只是重生于

一个阳光明媚的清晨

一片牧场上的

紫罗兰花之间,

忘却了夜

与寒冰的噬啮。

(布雷伊)-帕斯图罗,1933 年 8 月 12 日

[①] 1933 年 7 月,波齐与友人艾尔薇拉·甘迪尼一同参加意大利登山协会(Club Alpino Italiano)的徒步露营活动,并基于这段经历创作了一系列诗歌。本诗与《呼吸》《野营》《夜曲》以及《与山分别》即为其中五首。

呼　吸

夜里

憩于

毗邻松林的巨石

而你孩童的乐器①

缓缓地

讲述着

一颗星

两颗星

诞生于

雪域的腹心

另一颗则陷进了

岩石魆黑之地——

孤独地行走于

---

① "乐器"指艾尔薇拉·甘迪尼的口琴。

冰川边缘的一泓光

比一颗星更硕大

更微弱——

或许是一位牧者的灯——

山上

一位生者的灯——

你的乐器

与生者之光的对话

无法移译——

灵魂无可阻挡地升至

睡意彼方——

万物黑暗无形的

惊怔彼方——

夜里

憩于

毗邻松林的巨石——

　　　　　　（布雷伊）-帕斯图罗，1933 年 8 月 13 日

新的脸

曾有一天，我有过
春意盎然的
笑——肯定是的；
你不仅见过它，还将它
映现于你的欢乐：
连看不见它的我，也感觉到
我的那抹笑
像温暖的光
照在了脸上。

后来夜幕降临
我不得不身处于
外面的风暴里：
我欢笑的光
消逝了。

曙光发现我

像一盏熄灭的灯：

万物惊怔地

察觉到了

它们中间

我僵冷掉的脸。

它们便想献给我

一张新的脸。

就像面对着一幅

被更换过的教堂油画

没有一位老妇人会再想着

去跪地祷告

因为她们已认不出

圣母慈爱的仪容

她们觉得那几乎

就像是一个迷失的

女人——

今天我的心正如这般

面对着

我陌生的假面。

        1933 年 8 月 20 日

野　营

今夜，风，

这庞然的隼鸟，

会降向我们的帐篷；

会劫走

被撕碎的云。

我们的睡眠上空

透过门纱

显露着的星

会编出

火焰与慢舞的花串。

黎明时分

醒，会温存

甜蜜如一盏

微微亮着的灯：

激流的歌声

会忠诚地

在自己的膝上

支撑起

童稚的静默。

山口处

会放着

由风的夜之爪

带给我们的

山峰的讯息:

将之阅读会是

在纯洁的幽蓝里洗涤

眼手

心——

(布雷伊,1933年7月)-帕斯图罗,
1933年8月21日

夜　曲

你俯身吹奏，
你的乐曲是一株银树
身处幽暗的静默——

你的唇间明澈地
诞生出——黑暗里
山巅的——轮廓——

你的音符死寂
犹如水滴被大地吸摄——

深渊上的雾
被风穿过
将死灭的音
托入天空——

（布雷伊，1933 年 7 月）-帕斯图罗，
1933 年 8 月 22 日

与山分别

这是你们
祝福我的证据——
山——

若分别之时
你们的教堂
以其阳光之白迎接我,
并以正午的钟之歌
竭尽全力地
拥抱
我的忧郁——

而小小的广场上
一个笑盈盈的女人
卖着红与黄的李子
以消解我灼烧的

渴——

喷泉的

石阶上

一把破冰斧的利刃

闪闪发光——

寒冽的水

冻住了一个男孩

嘴边的笑——

并将同样的笑

印在了我的嘴上——

这便是你们的

祝福——

山。

（瓦尔图尔嫩凯，1933 年 7 月 30 日）-帕斯图罗，
                          1933 年 8 月 23 日

睡　莲

苍白轻盈的睡莲
躺在湖上——
一个被惊醒的仙女
将枕头
落在了
青绿的水上——

睡莲——
绵长的根柢
迷失于
色彩变幻的深水——

我同样也没有根柢
将我的生命
连上——陆地——

我同样也生自

一座——盛满泪的

湖泊之底。

      1933 年 8 月 26 日

岩　石

重重的白桦，

山谷中

缕缕的幽思——

但昨日

我们孤独地浪迹于

光秃的山上时——

最高峻的悬崖

断口

是天空中

我力量的——图画。

你，心灵，

别言说崩毁——

直至峭壁的黑色尖角

劈开蓝天，

一条拴紧灵魂的绳索

洁白得犹如

愿以王者威仪

死于

最高塔楼的隼鸟

骸骨。

1933 年 9 月 8 日

对水的爱

山谷恍若

一座——阳光之湖

被钟声之浪搅动——

阴影从那里逃出

并在激流

飞落而去的

一棵孤独的树下

汇聚——

热腾腾的前额

被世间全部的阴影与凉意

围住的

男孩

在水边——探身往下望——

不知如何从瀑布

银亮的臂弯中

收回

被遗弃的灵魂——

1933 年 9 月 12 日

星之死

山——悲伤的天使,
黄昏时分
你们默然哭悼着
消逝于暗云间的——
星星们的天使①——

神秘的繁花
今夜
会生于深渊——

啊——愿
山峦的花朵间
是死灭之星的
墓——

1933 年 9 月 13 日

---

① 指太阳。

献给一条狗

你陪伴了我们十一年。
一天傍晚我们回来了:
你趴在栅门前面,
脸伏在小道上的尘土里,
四肢已然冰冷,脊背
尚有余温。
此时你完全卧于
我们为你所掘的坑里。
你十一年
卑微的生命,
为每个离去之人
呜咽,
为每个归来之人
喜极而吠
——傍晚时分
如果谁

因他的悲伤

而泣

你会去舔舔他的手

你会瞅着他

舔舔他的手——

啊，你十一年

无言的爱

全在这里，

在这片土地下，

在这片

残酷的雨下？

你曾踟蹰于

潮湿的砂地：

抬起

一只爪——哆嗦着。

此时无人为你

抵御寒冷。

无法再呼唤你。

无法再给予你

什么。

唯有落下的枯叶

沤烂于这片

草地。
追想你留下的
其他事
成为禁区:
对此我们荒谬的泪
越流越多。

      1933 年 9 月 14 日

反　光

言语——你们这些
不忠实地将我的天空
映照着的玻璃——

我曾在日落后
一条昏暗的路上
想着你们
在一块窗玻璃坠上鹅卵石
碎片久久地
漫射出大地上的光芒时——

1933 年 9 月 26 日

梦　中

静默——我
将白水晶洞
掘入
童话中——

心在泪上漂过——
在蔚蓝的湖上
睁开巨大的眼——抬起
紫藤花的睫毛——

1933 年 9 月 28 日

清　晨

此刻一座被月光
打碎已久的湖泊
重归于自己
天青蓝的完整无缺。
病沉沉的岛屿上，一株柏树
从雾霭上拉下绷带
缠上了隐秘的伤口：
它默然地祈祷，将新的一天
许诺给——天空。

1933 年 10 月 1 日

我不知

我在想,你微笑的方式
比这瓶
已经略微凋零的花
上面的阳光
还要甜美——

我在想,我这里的树
全都倒毙
或许不错——

而我会是一片荒凉的白色广场,
听见——你那或许是
为新的花园
画着林荫路的
声音。

1933 年 10 月 4 日

不信任

忧伤于我的这双手
沉重得
会使伤口裂开，
轻盈得
又留不下一个印记——

忧伤于我的这张嘴
说出的言语
与你的相同
——却意指他物——
这正是
最令人绝望的
远离的方式。

1933 年 10 月 16 日

傍晚时归来

到这边来——你看——
无论历经过什么痛苦
你还是真正地
回到了巢穴,寻到了
母亲之膝,
将额头靠在了上面——

而岩石,正在高处
面朝玫瑰色的晚霞巨书
为树林与屋宇诵读着
安详的言语——

疲惫的钟则不和谐地
向静默——垂问着
傍晚的、半掩
墓园的,以及

临近之冬的谜——

愈发苍白的静默
张开了手臂——
将万物揽入自己的斗篷
劝导着
平静——

      1933 年 10 月 18 日

威尼斯

威尼斯。沉静。一个
赤足男孩的脚步
落在堤道①上,
给运河
注满了回声。

威尼斯。徐缓。墙角处,
树与花
正抽翠吐艳:
仿佛是旅行
持续了整个花季,
仿佛此时
是五月
在将花放上

---

① 特指在威尼斯,沿建筑物脚下的运河延伸的道路,具有码头的功能。

我的路。

一个小广场[①]的井边
时间
在小石头间[②] 寻获了一叶草，
用它将自己的节律
连上一只白鸽的
翅膀，与拨桨的
汩汩水声。

       1933 年 10 月 22 日

---

① 特指在威尼斯，房屋之间建有水井的小广场。
② 此处的水井四周可能是未覆上砖块的土地，故有小石头存在。

致所爱之人

你曾回到我这里
像是谁的声音
传来,
在傍晚已至时,
骤然充满房间。

这里曾只有
石头的灰霾里
僵死之刻的
重量,
与白杨赤裸的穹顶下
平原上的河渠
迟缓的步伐。屋宇的尽头
曾有
十一月
嵌满车辙的,可怜道路……

而我的生活

曾是日日重复

一只坠下深底的

血肉之手的姿势,

以封住上帝之口。

曾有一堆沙

倒上了

上帝的烈火。

曾有一把镰刀

咬噬着

上帝的草地。

石头

落在了狗身上,

落在了上帝的飞鸟身上。

而后

你——回到了我这里——

像是由于傍晚已至

而不再被等待的人

声音

传了过来。

此刻你又回到了我这里
恍若一群
忠诚的燕子
又把巢悬在了
心灵幽暗的屋顶。
你又回来了,恍若一群
寻觅着自己花朵的蜜蜂
——把自己出生的园圃
染得金光闪烁。

此刻我在园里感受到
我新生的花
正为你生长。我感受到
融雪后的草场上
黄色的银莲花
正在萌芽,

我感受到天空的土地上
星辰——也好似那些花——
星辰萌芽的此刻 ——
薄暮的寒霜已尽

夜是一片沃土——
是
上帝的
春之山。

       1933 年 11 月 6 日

金黄的死

——美丽……纤小……金黄——
是你说过的——而一盏灯
将自己微弱的光晕
融于雾蒙蒙的道路,
回应了
你哭着说出的言语。

——金黄……美丽……——栅门
脚下,十一月的树叶
沿凄暗的花园
随步履而嘶喊,颓淡
如落在地上的云彩:
仿佛你那般
泣泪说着的
不是一个女人,
而是一个向着远方

死去的季节,
秋与它的
金色墓冢……

纤小……美丽……——笼着
雾霭之纱沉眠的万物
以被尘封之泪的声音
言说的万物,
知晓自己
生而必死的万物
带着自己
忧伤的金黄色
隔在了我们中间……

1933 年 11 月 9 日

声　音

缄默之物的宇宙
曾在你之中
发出自己的声音,
如希望
无羽翼却在巢里,
未开花
却在地底。

一切接近死
却想成为生之物的奥秘
曾在你之中
发出自己的声音,
如腐败的树叶下
生出一叶草,
如一得救便一扫
他人煎熬的男孩

在医院走廊上
发出第一声笑。

此时
从夜间高枝般的钟楼上
落下了———一声钟响——
它沉进心里
像果实落入犁过的田间——

然后你的声音
便给到了我之中——
以那宽广
而独特的声调,
诉说着世界
被埋葬的梦想,与光芒
被压抑的怀想。

1933 年 12 月 10 日

事

这一把
帕拉蒂诺山上
你纯洁的手——为我
抓起的土

会由我倒入
灰白的陶瓮，
这是塞利农特①红色的海滩上
一位渔夫，从乳香树丛间
伸出手臂赠予我的。

请你不要说
我是在虚掷
自己生命的意义与时间——

---

① 塞利农特（Selinunte），位于意大利西西里岛南岸的一座古城。

倘若我在沙中寻找

阳光

与诸世界的泪——

倘若我在自己所做之事中投入

我最广阔的灵魂——并且相信

庞然无边的魔法……

1933 年 12 月 10 日

江　河

哦，白昼，
哦，江河，
哦，无可挽回地流逝——

你的岸边往上堆着谎言，
像坚实的砂砾——
你的河口
因你的水波
而升起白色的坟墓——

哦，白昼，
哦，江河，
哦，无可挽回地流经灵魂——

哦，我的灵魂
生来便孤独

以致活着时便步入了
自己的棺中。

1933 年 12 月 17 日

落海者

礁石上的落海者,
人人都只对自己
讲述——失落的
甜蜜之家的故事,
只听见自己
高声谈论
海
荒凉的泪——

忧伤的弃园,灵魂,
被爱的荒废树篱
环抱:
死,便是我们这样
被生自我们的荆棘
盘绕。

1933 年 12 月 19 日

对轻之物的渴求

金黄轻柔的灯芯草丛
像一片麦田
生于天蓝之湖旁边

一座遥远的岛上
群屋染着风帆的色彩
准备起航——

对轻之物的渴求
在心中
重如
船内的石头——

但总有一晚
重获自由的灵魂
会抵达这片岸汀：

不压弯灯芯草

不搅动水或空气

它会起航——带着远方

岛屿上的屋宇,

驶向高天上

一片星辰的石礁——

      1934 年 2 月 1 日

雪 原

我曾身处高高地
活在冷杉彼端的白日下,
我曾步入光之原野
与群山——
我曾穿越死湖——
被囚的波浪
曾向我低吟出隐秘的歌——
我曾行经白色之岸,唤着
沉眠的
龙胆花之名——
我曾在雪中幻想着
一座无边无际的花之城
被埋葬——

我曾身处山岭
如一朵带刺的花——

我曾凝望山石

如横贯风之海的

高耸岩礁——

我曾对自己歌唱

一个遥远的夏,

它曾开着苦涩的杜鹃花

在我血中熊熊燃烧——

1934 年 2 月 1 日

幽 思

拥有暗影的

两扇长翅

拢住你的苦痛;

成为①暗影,傍晚的

宁静

环绕你黯然的

微笑。

1934 年 5 月

---

① 原文为斜体,以确切说明。

疑

星——被放逐的云
在风的彼端
谁知行经于
何许未知的空间。

昨日影子奔跑在
丘陵的雪上——
恍若轻盈的手指。

我的眼睛
并非被雾入侵——

1934年8月3日

避难所

迷雾。石块咚地
落入水流。狐听之声[①]
从夜里的雪原传下来。

你在草垫[②] 上
为我展开一条绒毯:
用你粗糙的手
轻柔地,将它裹上我的肩头,
好让我不被寒冷
攫住。

---

① 原文"voci d'acqua(水声)"结合语境可知是冰雪融化的水声,故将其翻译为意指冰下水流之声的"狐听之声",可参阅《水经注·河水一》引《述征记》:"冰始合,车马不敢过,要须狐行,云此物善听,冰下无水乃过,人见狐行方渡。"北齐颜之推《颜氏家训·书证》:"狐之为兽,又多猜疑,故听河冰无流水声,然后敢渡。"
② 此处指内里装有稻草的垫褥。

我想到

巨大的奥秘

活在你身上,超越了

你平凡的动作,意味着

我们这无言的

人类手足情谊,就在

群山之岩的辽阔之间。

或许在我们之间,在静默之中

有着比雾霭的另一端

整片敞开的天空之中

更多的星辰、

秘密,以及莫测之路。

布雷伊,1934 年 8 月 9 日

向诗祈祷

哦,你对我的灵魂
了如指掌,诗:
你知道我是否失踪并迷途,
你,会因为是而否定自己
且缄默不语的你。

诗,我向你告解,
你是我心底的声音:
你知道,
你知道我的背叛,
我行走在了
曾是我心的金色草地上,
我踩断了草,
踏毁了地——
诗——就是在那片土地
你曾告诉我你所有歌里

最甜蜜的一首，

一日清晨我第一次望见

云雀翱于晴空

我便渴求随目光而飞升——

诗，诗，依然是

我深深悔恨的你，

哦，请你帮我寻回

我那被遗弃的高亥故土——

诗，仅将自己

献予双目含泪

寻觅自我之人的你——

哦，让我重新无愧于你，

诗，将我凝视的你。

帕斯图罗，1934 年 8 月 23 日

重 生[①]

一

你要只成为我的
欢乐：超越
我沉重的肉体，
亦远离
石与雪之间
我的爱被埋葬着的
寂静墓园。

太多的生命
被尘封。

[①] 本诗是献给雷莫·坎通尼的一系列诗篇中的第一首，其余几首为《三个夜晚》《第二次爱》《美》《轻盈的奉献》《手》《停顿》《信》《你的泪》《锚》。雷莫·坎通尼（Remo Cantoni，1914—1978），意大利哲学家，以在意大利引入哲学人类学而闻名。坎通尼是波齐在米兰大学就读期间的同学，1934年至1935年曾与波齐短暂相恋，波齐将其视为自己的"第二次爱"。

而你是崭新的，
在阳光下，在翻耕过的
土地上——
恍若一颗种子，或许
无人想要它生根发芽——
它却足以
哺育一只鸟。

轻盈的鸟，
我的心，
随你的每一道目光
深深地飞入
一片遥远
蔚蓝的时光——

你要只成为我的
欢乐
而我要重生于你。

二

如何重生——你并不知晓：
一天夜晚

所有的灯似乎

都已破碎，

手是恒久的重量

——你对触摸过之物的感觉

不会再被谁

从你的指上夺去——

一天夜晚

风吹过来，

披满了星辰、

被窃走的秋叶、

被拯救的飞鸟——

风在你的脸上方将它们解放，

对你说：

——飞去吧，

你是崭新的，

我带着你——

"你是崭新的"：你亮于夜里

如出自远古前宵时的喘息，

如处于太初之始[①]，

---

① 原文"all'origine dei giorni"可理解为"宇宙起源的时刻"，也可理解为"白天起始的时刻"。

是无形的睡眠上方,

破晓而出的光——

如何重生——你并不知晓:

那就像光的第一次

童贞般的抚爱

落在失明大地的脸上——

像牧者醒来的山洞里,

甜美跃动的羊群

从阴影里

挣脱而出——

戴着它们

在河湾

被洗亮的颈铃,

同最后一夜 ①

出生的羔羊相伴——

米兰,1934 年 10 月 24 日-11 月 8 日

---

① 原文 "nell'ultima notte" 可理解为与前文中各种 "初始" 意象相反的 "最后一夜",也可理解为 "最新一夜",是诗人把玩歧义的文字游戏。

三个夜晚

第一晚下起了雨,
黑压压地震耳欲聋——
我站在十字路口,
辨认着
陌生街道的名字——
孤独地身处
一座新城的入口,
孤独地与我猎取到的
幸福——你声音的
回响相伴。

后来,山岭上空,是夜
燃烧的澄澈——
雪的上方映现着
无数的星,
树枝的薄影
安卧于

银色的睡眠里——
我孤独一人,我全然澄澈,
我身处轻柔的北风中,
我平静地
与天空的明亮相伴,
与弥漫着你目光的
回忆相伴。

今晚,雾,这暗哑之白
这未言说之语上的纱,
这守护——环绕着
我的等待予我的颤抖
——等着时间使自己恐惧,
等着自己匆遽
而生。

停顿——满满的心
正悬置着,
以雾笼身,
以便不听
自己的跳动。

1934 年 12 月 1 日

没有悲伤的葬礼

这不是亡逝,
这是回到
故土,回到摇篮:
白昼明耀
如一位曾在等待的
母亲的微笑。
霜冻的原野,银色的树,金黄的
菊:女孩们
身穿白衣,
披着霜色的纱巾,
她们的声音
色泽如两岸的泥土间
仍然鲜活的水。
蜡烛的火苗,沉没进
清晨的光辉,
道出何为

尘世之物的这种

——甜美的——

消亡,

人的这种

穿过

天之空桥、

越过

梦想之山的洁白之脊、

直至彼岸,光之原野的

回归。

1934 年 12 月 3 日

第二次爱

孩提时的我,曾在自己
封闭、死亡的内心,
为了一个比我的心
更广阔的世界——而哭泣;
我曾以幼小的眼眸哭泣,
它们曾苦苦地发红灼烧——
我曾孤身一人靠近大地
向缄默无声的物体、
被拔走之花的根柢、
跌落之虫的翅翼
叩问死的
由因。

忠诚的大地,
就曾年复一年地
在春日全然已至前

向我回答着——

就在一朵浅色报春花

又开出的灌木丛下。

生于一切失落之春的它

绽开了生机——

绽出了呼吸,

每朵鲜活的花里

都是无数黯淡花朵的

美。

啊,此刻——我讲着——

第二次爱,

同被打败的暮年、已活过的存在

相交织的深刻青春——

——一切作为被征服之宝的

存在;讲着一切泪被擦净时

所学会的、更恒久的微笑;

讲着一切毒打,皆是一个想被

赠予而出的、更轻柔的爱抚——

啊,我的泪是有福的

——此刻我说着——

我血红干涩的孩童之眼

是有福的——

被我带入心中的诸世界的受难

与死亡,是有福的——

若一日

人自死重生,

若今日

我将自己交托于

你的手——而为你

自死重生——如同献上

破土而出的生命

结成的一朵花冠。

1934 年 12 月 4 日

美

我予你我自己,
我的失眠之夜、
山峦上
被大口——痛饮的
天空与星、
涌向远方破晓的
海之微风。

我予你我自己,
奇妙的水岸上
残存的圆柱、
橄榄树与麦穗间
我的清晨里初升的旭日。

我予你我自己,
瀑布边缘的

午间、
雕像脚下,丘陵顶上,
被鸟巢唤起生机的
柏树枝干间的
晚霞——

你迎接着我作为生灵
对于美
所感受到的惊异,
迎接着地平圈内,
我,这株被明澈之风
吹弯的
鲜活之茎的——惊颤:
请你让我凝视
上帝予你的这双眼
被蓝天染得如此之满——
深邃如万古的光
沉渊于
峰顶彼端——

1934 年 12 月 4 日

轻盈的奉献

我愿我的灵魂于你
是轻盈的,
犹如白杨
树梢上的树叶,随雾霭
笼罩的树干顶端的阳光
熠熠生辉——

我愿以我的言语引导你
穿过一条印着薄影的
荒凉小路——
直至一座茵茵的静默山谷
直至湖畔——
那边,芦竹随缕缕气流
沙沙作响
蜻蜓
同清浅的水相戏——

我愿我的灵魂于你
是轻盈的,
我愿我的诗于你是一座桥,
狭长而坚实,
在大地
幽暗的深洞上——
泛着白光。

1934 年 12 月 5 日

手

当我握住你的手
我明白了
你有多年轻。

我的手指细瘦：
被万物形塑
并久久地保留着
它们的印记——
为一枚芒刺流血
为一片羽毛甜蜜地
颤栗。
我的手如此苍白：
被生命
百般穿过——
好似被长长的
蓝色静脉穿过。
或许它们的平静

是在一个小男孩
微鬈的发丝之间。

你的手指粗粝：
攫住万物
以成为其主，
且不为任何石块
所擦伤。
色彩鲜活的手
仅仅触碰过
那被其选中之物——
那双手能够去刨挖
河流的砂砾、
山洞的泥浆，
从而掘出珍宝。

不是你，
而是你年轻的手
告诉我的手，
告诉我：你们
有多苍老。

1934 年 12 月 6 日

停　顿

我曾以为没有你的
这一天
必定是不平静的、
幽暗的。可它反而充溢着
一股奇异的甜美,延伸过
每时每刻——
或许就如同大地
在一场倾盆暴雨过后,
依然孤独地在静默中
啜饮着坠落的水,
感受到水
一滴一滴地渗入
自己最深处的血管。

苦闷,那风暴般的昨日,
此刻是欢乐——

短促地拍击着心
归来,
如平息而下的海:
纯白的礼物,
闪耀于重现的暖阳下,
那是贝壳被波浪
留在了沙滩上。

       1934 年 12 月 7 日

信

我深信你。仿佛
我能在千万年的幽暗
经过时,静静地
等候你的声音。

你洞悉一切秘密,
犹如阳光:
你能使
天竺葵和野橙花
盛开在采石场
深处,与传说中的牢狱 ①
深处。

---

① 指古希腊神话中的牢狱,如提坦巨人被放逐的深渊塔耳塔罗斯(Tartarus)。

我深信你。我平静
如白色毡袍
裹身的阿拉伯人,
正听着他屋舍周围的大麦
由神变至成熟。

　　　　　　　　1934 年 12 月 8 日

你的泪

你不知水池
映出了我的脸——阴影
印在那上面——

我曾在黎明破晓之前
捧起垭口处的雪,将脸洗净;
微风,吹干了我的脸,
以轻柔的拂动
吹灭了——最后的星。

午间,阳光曾在峰顶——灼烧着我的脸——
并照过千亿年
阴沉的蓝、
成圈辽阔的山脊,与成列
永恒的冰雪之间。

后来——沿高原上的山石

延伸开的晚霞
如无边巨轮上的红帆般——
徐徐地落了下去
——我俯到了水源边,
下颏触到了大地,
发丝拂到了浸满
傍晚寒雾的——迷淡
紫罗兰。我在草场上
徒劳地等待着夜、
露珠,与落叶松
干瘦的枝上滴下的树脂——

你不知水池
映出了我的脸——阴影
印在那上面——

而昨日——静默——在山口处
明净而庞大
环绕着我们——恍若
阿尔卑斯之夜的天空,
你明亮的眼如远方的行星
缓缓地运转——

我的脸上洒落着你的泪,

比雪更清凉

比阳光更明澈

比泉边的土地

更甜蜜——

我的脸上洒落着你的泪、

露珠,与神秘的落叶松

枝上滴下的树脂——那滴入

一片谜之森林的

芳香——从树干至树干,

从你的灵魂至我的

灵魂——

你不知湖

此刻正映着我的脸——光

洗涤着那上面的阴影。

你不知你的纯洁

所流成的海

此刻正在黑暗里——托举着——

我这叶孤寂的

小舟——

      1934 年 12 月 15 日

锚

我独自一人留在了夜里:
我脸上有你的泪水之味,
环绕于身的
静默——随门咚的一声
被关上,又漪漪地荡远
至平息。

缓缓地沉入
心灵的幽暗之水——
被沉渊的礁石
包围着,
缓缓地,安然地,
穿过深处的海藻、
风暴的回声、绵长的水流
和一圈圈柔软的漾波——

缓缓地,安然地,
直至我的存在之底
所布着的隐秘之沙——
忠诚而坚定地,将自己
闪闪发光的三条手臂

插上去的锚
是你的三个字:
——你等我——

1934 年 12 月 16 日

路

我习惯于
孤独地走在路上。

然后,所有没有
足够面包的孩子们
都从我心中叫出了声,
他们围着
最先亮起的路灯绕着圈,
他们淡淡的发丝
被照于暮色里。

然后,门槛上
停下了疲惫的存在,
睁着穷人眼眸的人——
仿佛大地在将他们
排出自己的子宫,

仿佛他们也要哭喊
如初生的
婴孩。

然后，雾气迷蒙的
钟楼上，落下了
缓缓敲击之音，寻觅起
独行之人的心，
如轻盈的树叶——纷飞向
一条阴郁河流的
怀里——

         1934 年 12 月 31 日

遁

街通向了幽暗的屋间——
我却从高山垭口上
洁白的路脉出发,
像从一个码头起航——
我在尘世的阴影中
将为人所累的灯,
与其微弱的光晕
丢在了雪上。

终结得只剩
冬日的寒空中
唯一一个的生灵,
艰难的喜悦
含于眼眸里——
径直地去往
看不见的帆桁下,

去往鼓着云之风帆，

亮着星辰探灯的船上，

船首是一张

等待的面庞①。

1935 年 1 月 11 日

---

① 该意象出自固定在船首用于装饰的人物、动物或神祇雕像（船首像）的形象。

涌

由于我血中满是生命，
我才颤栗于
茫茫的冬里。

刹那间，
宛如一口泉
在荒野上融开，
一道伤
又裂于睡梦中，

思绪迷乱地
诞生在那夜荒凉的城堡。

童话里的生灵，穿过
寂静的房间，被遗忘的灯
在那里备受煎熬，

一个白色的词轻轻地经过：
鸽子，它们从天台上飞起
仿佛是瞥见了海。

善，你归于了我：
冬消融在我
最纯洁的血涌里，
泪，仍甜蜜地被命名为
宽宥。

1935 年 1 月 12 日

圣安东尼之火 ①

以我命名的傍晚
我发觉火焰
燃于幽暗之海的岸边——
沿港口熊熊地
燃着旧物、
海藻,与沉毁的
船只。

我身上
可供燃烧之物
只有我生命的每时每刻,
它依然——呈现出

---

① 圣安东尼之火(Fuochi di S. Antonio)是意大利的一个民俗节日,在每年的1月17日左右举行,人们在当天点燃篝火,向家畜与用火工作者的主保圣人圣安东尼祈福。这一圣徒纪念日也是名为安东尼与安东妮娅者的命名日(Onomastico)。

坚不可摧之重——
在死灭的夜阑之际
追随着我。

1935 年 1 月 17 日

黇　鹿

你低语着归来,晨风,
沿着刺柏间,苍白的沙地,
从潟湖上空
升起的黎明而来。

吹过松树穹顶下的你
气息惊惧。

胆怯的眼,巨大的眼
浸着白色前额的温暖
在高耸的树篱外窥探
世界。

你以自己脆弱的蹄
　立于天际,

荒原①上
惊怔的黇鹿。

1935 年 1 月 27 日

---

① 本书中的"荒原（brughiera）"均特指由沙土或黏土构成，可溶性盐分与腐殖质含量低，并被石楠、金雀花等低矮灌木覆盖的原野。

非 洲

大地,
你属于
将手没入沙中,
在一个小坑里
种下一株橄榄树的人。

你没有街道:你
以井口间的距离
丈量行走的时间,
界石
是荒漠中
你圣人们的白色墓冢。

你没有深渊:你
金黄的色彩
无边无际地伸展。

饮水的骆驼呼唤着
你毫无遮挡的脸上方
一片片的天空。

天，
你将星辰放大，
风——你用蓝桉
将暮色染白，

哦，大地，
天、风——
梦的
自由。

1935 年 1 月 28 日

一种命运

灯光与小屋
在岔口
唤走了同伴们。

你还剩下
这条风在夜里为你
揭去雾的苍白道路:
你的渴
还剩下飞流直下的水,
疲惫的人
还剩下自己沉睡时
牧场上新生出的草。

每一个凝神于
自身之火的人
都听任于唯一的一生。

但在你的河缓缓而行,

寻不见入海口时,

自由的星星

无穷无尽的——生命

正银光摇颤:

若无一扇门

敞向你的疲顿,

若你的面庞之重

随你每走一步而归返于你,

若你的这种

比痛苦更深的欢乐

是继续独行于

你明澈的山之寂野中,

你便是在接受

你是诗人。

1935 年 2 月 13 日 [1]

---

[1] 本诗作于波齐 23 岁生日当天。

根

屋上的融雪
在落下。灵魂惊动于
雪大块坠地的声声沉响。

万物就这样
痛苦地解冻着。

然而远方,
越过阳光的面纱与不定的反光,
越过色彩变幻的每时每刻,
一个只有草与土的
小小世界还活着。

根
献身于春[①]

---

① 原文首字母大写,以表达春的拟人之意。

并深深地藏于
一座山的怀抱里。

而唯有我
认得
每一朵
将绽放之花的名字、
光,还有绿叶
柔嫩的存在
会最先从中露出的泥块。

根
在一座山的怀抱里
深深地保存着起源的
一个被埋藏的秘密——
那一株
使我又发芽的
微弱的确定性。

1935 年 2 月 15 日

遗　弃

被砍断的白桦树干，
你躺在
一道沟里：
诸天的晚霞
翻滚着红浪。

你头顶上的云
在风中脚穿金履 ①
与河流
互相追逐。

你——醒来的孩子
躺在你

---

① 该意象出自古希腊神话中，被称为"塔拉利亚"（Talaria）的带翅膀的金凉鞋，是赫尔墨斯的标志性装束，象征着其作为神祇的速度与敏捷。

大地的摇篮里：
而诸世界正灼灼地转变，
令为之着迷的你睁着白色的眼
一动不动。

1935 年 2 月 16 日

童　话

你正走向一个风的王国，
小心翼翼地
顶着一个
报春花环。

树上的女人
发丝苍绿，
瀑布里的矮人
知晓命运——

苍白的战士现于松[①]林中，
少女死于
对太阳的渴求——

---

① 原文"le barance"为意大利北部方言，指"欧洲山松（pino mugo）"。

小屋被遗弃于

勿忘草间，

成片的阿福花

绽放于岩石山顶——

门敞向了

被埋藏的珍宝，

彩虹的倒影

碎于湖里——

你在成队的灰色山峰间

沿幽蓝的冰碛向上而行：

肩上扛着一个

睡去的

小男孩。

1935 年 2 月 18 日

飞 翔

沉重的飞鸟之雨
落上光秃的树：
轻盈摇动的它
如此将鲜活的树叶
穿上了身。

然而鸟群一振翅
便高飞而去，
蓝色的二月
随傍晚
待在枝头。

脆弱之树如我的肉体，
赤裸在阴影的
飞翔里。

1935 年 2 月 19 日

《堂吉诃德》[①]

一

城市上空
猝然静默。

你带着
难以捉摸的微笑
穿越疆界:
你认得所有树篱的荆刺。

你走了,
走过人温暖的气息、
爱过之后的睡意,

[①] 露琪娅·鲍齐曾证实,波齐是在观看了1933年上映的音乐电影《堂吉诃德》(导演: G. W. 帕布斯特 [Georg Wilhelm Pabst]) 后创作了这一组诗。

走过忧悸与囚禁。

在亚麻花冠般
幽蓝的石地上,
重获自由的你 ①
奔跑着歌唱:

但你会阖上双眼,
假如天空深处
风车的白翼
被风
撕扯。

1935 年 2 月 21 日

二

荒芜的土地上
惊恐的尖叫

---

① 此处对"你"使用了阴性形容词,可理解为诗人将自己与堂吉诃德并置。

隐约

向你传来：

与此同时

巨大的帆翼上

继续旋转着

你被钉住的受难苦像。①

1935 年 2 月 22 日

---

① 此为电影中的一幕：堂吉诃德举长矛刺向风车帆翼，却被困于其上随之转动，引得随从在远处惊恐地叫喊。

缺 席

我曾在栅门后面
寻觅着你的脸。

而静默之湾中曾泊着
屋宇,
荒凉的连拱廊上
帐帘瘫软,
如死去的帆。

湖泊远去,
遁向了
不真实之山的垭口,
灰绿相间的浪
在石阶上
抽身而退。

凝神的天空下

苍白的巨船

缓缓地漂泊：

我们看见

红杜鹃花沿岸绕了一圈，

一簇簇地，缄默地生长。

莫纳泰湖[①]，1935 年 5 月 5 日

[①] 本诗可能指 1935 年 4 月波齐与大学同窗好友在莫纳泰湖（Monate）的旅行，同行者包括挚友维托里奥·塞雷尼（Vittorio Sereni, 1913—1983），以及当时正与其渐行渐远的爱人雷莫·坎通尼。

逃

脆弱的脸将水仙
交给一阵风。

孩子伸出手：
树篱
骤然抓住栅门。

呼吸随我的奔跑
而断断续续：

扫视着
万物
——徒劳无用的桥——
我被轰鸣的深渊吞没。

1935 年 5 月 10 日

高　地

紫藤花曾缓缓地
凋谢在
我们上方。

最后一艘游船
驶过了山峦深处的湖。

紫色的花瓣
曾在傍晚
被你拾进我的怀中：
彼时栅门关拢，
归途
幽暗。

1935 年 5 月 11 日

坡 路

我曾望见高悬的月
透过一堆堆雾
将自己的光倒入
一湖湖明澈的虚空。

你的微笑曾俯向我,
曾从石瓮内
漫溢出的沁凉喷泉
坠入
我的脸:

而我们的膝盖
浸着接骨木花
青春的气息,

地上漫长的梯路

没入了
暗影里。

1935年5月14日

完好之时

打开雨之牢狱的窗板,
我这灰白的额头
探向大地的色彩:
天风的旋流在诞生。

我看见鸟影
在屋瓦上变幻,
逃逸。

于我而言,新鲜
如女人晨兴的声音
响于我夜间已至的海滨小镇上的是——
这张老歌唱片:
又将舞唱给了我,
完好之时
领着我——在笑中幽咽着——

朝着门槛，踏着
赤足女孩的舞步。

1935 年 5 月 17 日

变　天[1]

水的天罗地网中
童年的修道院
向我重现。

你在哪里,
白色的阶梯?
　　　我曾随你
下到洋槐树间,
而大地
并无沟壑。

此时远方的林荫路上

---

[1] 本诗是关于波齐的大学同学、德法文学研究者吉安·安东尼奥·曼奇（Gian Antonio Manzi，1913—1935；又名吉安尼·曼奇 [Gianni Manzi]）之死,他于1935年5月17日自杀身亡。3年多后,波齐在留给维托里奥·塞雷尼的绝笔中写道:"永别了,维托里奥,亲爱的——我亲爱的弟弟——你会记得我与曼奇同在。"

一位伙伴踉踉跄跄地
运着一位死者：
他脸上眨动的眼帘
恍若黯淡的紫罗兰。

你在哪里，
白色的阶梯？
　　　我止不住
一声惊叫：而地面阙如。

焚香的缕缕热气
穿过道路
无法再遮挡住
这场雨。

1935 年 5 月 23 日

时　间

一

你沉睡时
四季经过
山岭。

高处
融化着的雪
生出了风:
草地在屋后诉语,
光
在小径上就饮着雨的足迹。

你沉睡时
太阳日复一日地

经过落叶松的树梢
与云之间。

1935 年 5 月 28 日

二

我可以在你沉睡时
去采撷铃兰
因为我知道它们长在哪儿。
愿我现实中的家
随其门扉，随其石头
而远去，
我便无须再去找它，
而是能永远
在树林
游荡——
你沉睡时
铃兰在生长，
无休无止。

1935 年 5 月 28 日

相　会

房间的空气里

我所凝视到的

不是你

而是对你面孔的回忆

会如何为我

诞生于虚无

还有你此刻的目光

如何在每时每刻的

远去中——停于

我的面庞。①

1935 年 5 月 29 日

---

① 波齐在 1935 年 6 月 19 日的信中对 7 月将前往德国的坎通尼说道:"你的这双眼,就是已经写好了死亡日期的整个世界……彼此静静地对视仅一个小时,比整个可能的人生都要广阔得多……"

之　后

当你的声音
离开我的屋子

墙的另一边
老人们沙哑的言语
会回来说着幽暗中
看不见的山之名。

我会听见羊群
穿过夜里：

朝着激流的河床
弯曲的风——
会掘入
静默中盈不满的山谷。

1935 年 6 月 2 日

蟋　蟀

（唉，我遭到了背叛……）

我现身打断
小溪边
女孩的一首歌。

白蝴蝶
翩跹起舞，
穿过水上的静默。

然而歌在我背后重生
（……在爱情中遭到背叛！）：

躲起来的蟋蟀，
在绿草之间
将脚步声聆听，

它霎时窜回
阳光里,向啾鸣声
注入转瞬即逝的
惊恐。

1935 年 6 月 25 日

立 秋

雾是银色的,擦去了
松树的影子:
花园在曙光里
愈加庞大。

一片叶子黄于杨树上,
一根栗树枝条枯死于
山岭上。

懵然无觉的惧[①]
正沉眠于天蓝之宇:
这年年归来的终结,
年年如新——

---

① 指对死的惧怕。

犹如林中最后一棵树,
最后一人已将死数过:
然而,他自己的死
仍会令他措手不及——

1935 年 8 月 18 日

人　生

秋的门槛前

寂静的

晚霞里

你察觉到了时间的波浪

和你隐秘的

投降

犹如穿过重重枝条

轻盈

跌落的鸟

翅膀再也支撑不住。

1935 年 8 月 18 日

在崖边

露水浸润着草,
微弱的阳光
透过雾间,照在羔羊背上。

一侧是渊谷:

骇人的岩石,
染着霞色,
坍落进砾石堆积的深处。

云生于悬崖半山
缓缓地结成丛,
而大地凝神的脸

在空茫中显现。

格里尼亚山,1935 年 8 月 22 日

女人们 [1]

一支崭新的连队
以汽笛的尖啸声
划开了天空。

被打碎的钟声
沉入了屋宇之间。

女人们披着三色旗 [2]
探身望向窗外；
她们的金发
在风中
喊着加油。

---

[1] 本诗创作于意大利对埃塞俄比亚发动第二次侵略战争的第一日。
[2] 指意大利国旗。

后来,
一双双眼黯然地低垂着。

夜晚
她们俯瞰到第一个死者
横卧在星辰之下。

1935 年 10 月 3 日

融

此时空荡荡的路
让我们心悬于
它的灯光里:

墓将人载于空中,

言语
正朝远方的水域
疾飞着南去。①

来日
我们就会抵达一个出口:
雪

---

① 第一节至第三节暗指战争期间(可能为宵禁期间),载有士兵的战机向着地中海以南的埃塞俄比亚飞去的景象。

会小心翼翼地融化,

毫无落响。

缓缓地下去,

我会找回我面孔的暖意:

当

轻盈的土地①给我绽放出

你嘴唇的

恩泽。

1935 年 12 月 18 日

---

① "轻盈的土地"源于古罗马时期刻于墓碑或陪葬品上的一句拉丁语铭文:愿土地于你是轻盈的(Sit tibi terra levis),意为愿死者安息,不受负上土地之重的痛苦;此处暗指死者被埋葬的战争结束日到来。

夜　间

星辰
柔和的辉光
笼罩旗顶：

风
吹弯了死者们额上的草。

黑蓝相间的鸟
从倏来忽往的枝上跃起：

飞翔的羽翼
沉重地
下落着
扇向了夜间单调的心。

1935 年 12 月 18 日

魔　咒

结冰的高崖
曾朝着世界融化。

船
曾轻缓地行过
金灿灿的湖,
我们曾那般驶入阳光,
依偎相搂。

纤弱的金网
囚住了时光。

摇颤越生越多；
悲伤之音
越长越多；
岸边

纷断的芦竹窸窣响动。

浅色的野兽
从密草幽处
久久地注视着
水中的日落。
仍那般驶向阴影的我
自由
且永远孤独。

1935 年 12 月 22 日

空旷的秋

此刻小提琴
停止了奏鸣

一片树叶盘旋着
掠过
林荫路深处
维纳斯的皓臂

我们走过荒原
去目睹星辰诞生:

它们是死去的金雀花的脸。

此刻,马在厩里躁动着:
它们红色长鬃的影
在天上

随着云
游荡。

我们追寻着马蹄密密的足迹。

这片夜间的旷野
不可见地
充溢着羽翼与柔丝[①]。

1935 年 12 月 23 日

[①] 原文"chiome"是对头发的统称,在本诗中可指"人的头发""枝叶(树木的头发)""马鬃(马的头发)",故将其翻译为"柔丝",以兼顾此三重含义。

告　别[1]

白云石
在雪车的疾行时
扇动着风雪飞升向上：

后来将马儿之影
照出的赤红太阳
降落到了
冷杉背后。
彼时
吉他细柔的和弦、
破碎的轻吟合唱，随落日
越过山脊，

---

[1] 本诗与其后的一些诗篇均源于波齐在米苏里娜湖区的白云石山跟随有着"多洛米蒂天使（L'angelo delle Dolomiti）"之称的意大利著名登山家埃米里奥·科米奇（Emilio Comici，1901—1940）学习滑雪与攀岩的经历。

在寂野上
一路叮叮当当地小跑。

傍晚
最后一只粉红的手——
一块石头——
高高地
轻挥着致意:
黯淡地
在紫空中向星而祈。

河在夜深之际
缓缓地
带走了我。

(米苏里娜湖,1936 年 1 月 11 日)

致埃米里奥·科米奇

一千米
是高空:
而一寸石头
被踩于你的一只
绳编鞋底处。

晚霞将你钉上了悬崖。

你那窗玻璃火红的家乡 ①
此刻正将船舟迷眩。
你在何处丢下了你的衣服、
女孩的脸,
与桨橹?

---

① 科米奇出生于意大利东北部的边境港口城市的里雅斯特(Trieste)。

今夜在宿营地
洁白的流云
会缄默地
渡过山石：
的里雅斯特码头①上
涛击之声如此遥远。

月亮并不会揭示出
花园，与一盏路灯周围
女人们清晰的笑，
以及她们温和地
披散着的秀发，

但它会看见
你孤独地
缠绕着
你冰冷的绳索——
看见你刚硬的心
就在苍白的山尖之间。

1936 年 1 月 16 日

---

① 指的里雅斯特的奥达斯码头（Molo Audace）。

庇护所

一

当外面的阳光解冻了
门侧①附近的
海豹皮②

请端走这几杯热红酒
与碎面包,
让一让位:
现在我想睡一睡。

如果你笑着

---

① 原文为"门合页(cardini)",诗人以此借代门,故将其翻译为"门侧"。
② 滑雪时所用的海豹皮摩擦条,贴在滑雪板下增大摩擦,防止行走时滑倒。

拨弄我红帽的绒结
向对一个困倦的小男孩那样,
我会坠入
幽暗温暖的
梦之湾。

为何
一支航海曲
回荡在魆黑的悬崖之间?

二

告诉我,我们无法
再走远:
这条小路止于崖口,
未碰过的雪高高地
覆于阴暗的
斜坡。

于此,我们相信
闪耀的原野上空永恒的光:
夜晚可还会

降至我们

银色的玻璃上?

三

我们,

在一道道灰色暴风雪

拔掉大地上

我们红色的

岩石之巢① 时,

将无所遮掩地凝望——

犹如从一座天上的

瓦尔哈拉②——

望见松林深处湖水翳翳,

牧者们

微暗的灯在游荡。

1936 年 1 月 19 日

---

① 指被霞光染红的山脉。
② 瓦尔哈拉（原文为 Walhalla，常被写为 Valhalla），是北欧神话中奥丁所居住的天堂神殿，被选中的勇士死者的乐园。

市　郊

余烬在晚间闪着光：
两支熄灭的香烟
在一处水坑里嘶叫。

一汪汪黑暗的水间
你被红色点燃的笑
没有回响：
这一切开启着
原始的人性之谜。

不久之后
工厂汽笛会尖啸起来：
弯着腰的匆忙身影
会打开
雾中的明灭交错。

一排排

幽暗的房梁：沉默的重量

在尚未建完的屋宇间

随我们压在了

最后一盏路灯

脚下的

泥浆上。

        1936 年 1 月 19 日

五月的死之愿

山岭上
一众绿叶
保存着蓝花的笑。
停下吧,苍白的太阳,
请你将这沉入
青苔的额角
按进大地,
给予重量
春的永恒。

1936 年 5 月

像影之树

傍晚的姿态
越出山与云之域。
矗立起来的夜,
我漫漫无边的影:
膝盖迎着钟楼的叫喊,
向未知的海
伸出我黑暗的臂弯。

1936 年 9 月 26 日

童 贞

帆形的日影
曾被你以瘦削的脚
做出来投上码头,
你蹭起了
小舟的尾波中
水明亮的音节。

然后,石头从高处
滑入了湖中:

你笑着过来
将水藻献给了我
赤裸于傍晚的肉体。

1936 年 9 月 26 日

终　结

我回去了，沙滩上
还有海的足迹，
而浪在流亡。
我被渡走了：
告别了水岸与色彩，
我正淡入甜美
垂死的晚霞，
随着你，大海，

我在夜间终结的
浩渺时辰。

1936 年 10 月 8 日

"风吹的原野间"[①]

风吹的原野间
狗的嗥吠回荡于
被圈住的牲畜之眠上空。
此刻我的手上,
你,孤寂,
爱迟缓的疲顿,
正在呼吸。

1936 年 10 月 8 日

---

① 本诗原无标题。

向北之旅

春,在山口彼端,
你曾使我们痛苦,
此时我们又陷入了
晚间对平原的担忧:
我们的花
是一阵阵暴风雪中
红与绿的探灯,我们
生命的树分成枝杈。

春,你不再使我们痛苦,
此时,光芒间最细微的雪
杀死了你,
甜蜜的酒让你淡忘了
失落的大地:
而墙边
黄水仙巨大的花冠

正给昆虫伪造着

一个充满奇迹的世界……

这身血

狂怒地

弃绝着自己的阳光与四季,

如此在魔法之夜,身处地底。

柏林,1937 年 2 月-3 月

四月的郊区

你[1]孩童时喘着气

踢球的花坛四周:

即此时的花盆碎片间,

春日的花朵沾着土

还在墙的枯涩之气里打开着。

但在你的声音与目光中,

水流动着,

你,是水深邃的凉意,

生根自那仍留于

山顶的湿润之雪里,

超越了泥土与四季:

如此的你缕缕流散开来,

仍在说着

---

[1] 指这一时期波齐所爱恋的迪诺·福马吉奥。迪诺·福马吉奥(Dino Formaggio, 1914—2008),意大利美学家,以在意大利创立"现象学美学(L'estetica fenomenologica)"理论而闻名。

那条无比遥远的路
与轻盈的风
就在巨大的
幽蓝之渊上。

1937 年 4 月 24 日

外祖母

我搂着你,去感受你的肉体
怀着平静且与死相邻——
如此冰凉衰恶地
靠近着我的呼吸。
无以言说:我们听着
腕间的同一脉搏——听着生命
只为我俩所最后饮用着。
一湖湖的黑暗之畔
这只仅为你所染蓝的眼
回来领受着光;
我投入你的怀抱,
将自己封入你深邃的
子宫,与你湮灭着的
必死之重合为一体:
以至于土地不再将你我分离——

但它于我俩正变得暗而轻盈[1]。

1937年5月1日

---

[1] 详见《融》中"愿土地于你是轻盈的"之注解。

周日的尾声

被哨声中断的厮打
随最后的喧嚣
被分开:被撕破的上衣
与盛怒的脸上方——我望见
球场上空,白得几近羊毛般
轻柔①。

平静的羊群
睡在高耸的屋宇前,
睡在绵延过草地的
粗粝道路上:火车
向着未确知平原的启动
不可理喻……

---

① 指湿度较大的空气所导致的泛白天空。

至此，河
已是静止于墙坝间的一座湖，
就在傍晚的树林深处：曲径
缓缓地将我们拉向——载有
一对对情人的水流……

我们
或许是想起了
我们所不知的什么
迷失于一处十字路口的
一刹那。
于是此刻我们的手
空掉了爱——分开
并且垂了下来。

都灵，1937 年 5 月 2 日

大地上的睡与醒

正午的草原上
马驹已跑得疲惫不堪。
你看见
赤褐马在落叶松旁
立起身来融入了阳光:
而你伏在金雀花丛间——
许久之后
你消失在了大地上。

树根深深地
缠在了一起:魔法缄默无声,
当黄昏时分的狗儿们
面对着你,缓缓地走来——
它们高大却年幼,或黑或白——
你点燃了它们
栗色的眼里

温驯的

微火。

此刻在荆棘丛间

你脆弱的生之愿

苦苦地扭动：你是溪涧边

骤然长出的百合花，

当你红色盛放的荒原①

将全新的你

举在风里。

1937 年 5 月 11 日

---

① 指开着红色石楠花的荒原。

命运之爱

当你猝然

从我的黑暗里漫出

流成一道

血的瀑布——

我将随一面红帆远航

穿过恐怖的静默

驶向环形山中

应许的光芒。

1937 年 5 月 13 日

垂死的男孩

一天夜里
你所活过的整个生命的岁月,
被晨曦做成冠冕给你缓缓戴上,
犹如荆棘所编。你以明智的眼
环顾着影子在四面八方
残缺不全地摸索着:
你知晓麦子仰于雷声之间的痛
与被围困的畜群之中的空。
千百个晚间
帮着把灰白长辫编好的你,
受迫于你凋亡时日的潮气;
此时,你的额头在一缕阳光中
松弛了下来,展开着
一个完美男性的目光:
你在哀怜你的母亲。

1937 年 6 月 10 日

山

她们如庞然的女人般
盘踞着夜晚:
岩石之手蜷着交放于胸前
注目着路的出口,不语
对归来的无限希望。

她们默默养大于怀间的孩子们
在走向缺席(她们将此唤作彼方的
风帆——或战火。由此她们觉得大地
湛蓝而血红)。此时砾石上
一阵阵大跨步将她们踩得
双肩震颤。天空发着抖,
扑扇着自己白色的睫毛。

母亲们。她们会抬起额头,
成簇的星会走出她们无边的目光:

倘若等待的尽头边缘

生出一片曙光,

荒芜的母腹上玫瑰田开花。

帕斯图罗,1937 年 9 月 9 日

九月的傍晚

来自山雪的气流,
此时你给村庄灌满了颈铃声,
你将门扉敞向了
最后一些瘠薄的干草:

孩童们抓住马车①时,
房屋发着光,寂寥、
温暖地沿山谷透现。

于是从阴影——到我之间——升起了
路边安营扎寨的吉普赛人的歌谣……

帕斯图罗,1937 年 9 月 13 日

---

① 在意大利,9 月一般被认为是收割干草的最后时段,这一时段出品的干草质量最低,所以是"il magro ultimo fieno(最后一些瘠薄的干草)"。结合前文,故可知此处是指装载干草的马车。

女人的声音

我生来就是你这个士兵的新娘。
我知道行军与战争的漫长四季
把你从我身边连根拔起。

我在你的床上铺开了一面旗①,
然后俯向壁炉把灰扫在一起——
可如果我想到你在露营地
雨就落在我秋日的身体上
像落在一片伐过的树林上。

九月的天空电闪雷鸣时
一件巨大的武器仿佛直插山顶,
火红的鼠尾草盛放在我的心上:
我想到你唤我的方式

---
① 指意大利国旗。

想到你像信赖物一般
使用我的方式，
像水被你倾倒在手里
或羊毛毯让你裹住胸膛。

我是你园圃的单薄篱墙
沉默着开花，
在一队队吉普赛人般的星辰下。

1937 年 9 月 18 日

一个季节的死

雨曾彻夜地
落在夏日的记忆之上。

我们曾在天黑后走出来,
步入落石悲怆的雷动之间,
提着灯驻足于堤岸
去探寻桥的危险。

黎明时分,苍白的我们望见燕子
停上了电线,浑身湿透,静止不动,
窥伺着起飞的神秘示意——

雕像之脸已然斑驳的喷泉
将它们映在了大地之上。

帕斯图罗,1937 年 9 月 20 日

地 球[①]

死去的星，在诸天之中
旋转着的你，曾被梦之云
与言语的花环绕于身畔。

我看见渔人
在凌晨驾船驶向幽邃的海，
龙骨[②]两边的舷上绘着
黄雏菊花串，

[①] 本诗中的诸多意象也展现在波齐于 1937 年秋所拍下的照片里，如亚得里亚海的渔民画在船上的花串、阿亚斯山谷（Val d'Ayas）的小屋上所绘的圣人，以及驼背老人末日式的预言。波齐于 1937 年 9 月拍下了这位乞丐占卜师的照片，将其赠给了福马吉奥，并附言："每年九月，这位被孩子们取笑的驼背老人都会路过集市，你会听见他的银手鼓声久久地回荡在屋宇之间，在紫罗兰色的傍晚之中……"关于诗中老人的这段预言，可参阅我国历史上关于竹子开花后枯死为不祥之兆的记载，如唐代张鷟《朝野佥载》中所记："终南山竹，开花结子，绵亘山谷，大小如麦。其岁大饥，其竹并枯死。岭南亦然。"、"终南竹花枯死者，开元四年而太上皇崩。"
[②] 位于船底中部并纵向贯通船体首尾的船体构件。

我看见冰峰前面
圣徒们的脸在黎明时
展开在厩墙上：

正午，驼背老人走来，
在圆石地上，为穿梭于
其银手鼓声之间的女人们吟唱：
"百年之后，竹树开花。
在海之畔，其皆枯亡。
叶随秋萎，
血渠东流，
吾曾见万千被屠戮者其臂
悬于渊上
西去。"

泣泪的云与谵狂的花环
正扭动着弥漫于你身畔，
啊，地球。

1937 年 11 月 1 日

雾

假如今晚我们能穿过
雾沉沉的林荫路彼此相遇,
大地上我们温暖的礁石四周
一片片水洼会干涸:
我的脸颊会贴上你的衣服,
成为生命的甜蜜救赎。
然而小女孩们光洁的额头
却在责备我老去:一棵树
是雨的黑暗中我唯一的伴侣,
而缓行的马车灯光令我恐惧,
恐惧着,并呼唤着死。

1937年11月27日

新　年

倘若今晚，言语
尝着似雪，便会有好多歌——
多如永不可被我
言说的星……

枝杈间交织出一张张脸
纹丝不动地披着我的黑蓝：
死去的它们，
仍在远方屋宇的光中挑战着
我活至此年而不可摧的微笑。

马东纳迪坎皮利奥
1937年12月31日；1938年1月1日

笃 定

你是草,是地,是
一个人赤足走过
一片犁田时的意义。
为你,我系上了我的红围裙,
此时我所俯向的这座喷泉
无声地沉浸在群山的怀抱里:
我知道,倏然间
——正午会随苍头燕雀的啼鸣
蜂拥而至——
你的脸会从我的脸旁
平静的镜中,涌出。

1938 年 1 月 9 日

郊　区

我感受到古老的痛
——是大地
在冰霜的覆盖下
将自己黑色的手臂往上举——
我恐惧
你泥泞的脚步，亲爱的人生，
你伴我前行，引领我
走近穿长斗篷的老人、
骑着暗沉沉的自行车
驰骋的男孩、
将披肩
抓在胸前的女人——

我们已感受到
被风吹迷眼的白桦旁侧
囱顶玫瑰色的尘烟

飘逝于泥淖上空。

晚霞中火红的工厂
为使火车①低吼着启动而尖啸着……

我,一块缄默的肉,却跟随着你,
我恐惧——
一块肉让欢笑着的春
痛苦地穿过。

1938年1月21日

---

① 指用于运输工厂货物的火车。

自由的光

白色的阳光
温柔着座上的女人铜像。

你愿隐于屋舍边,醒于
马车拉着铁犁①
缓缓朝田间行进之地——

因为彼处有孩子们迎着晨曦
沿着沟渠,在水中玩闹,
而白杨的形象倾坠其间。

我们,为了追随
一架旧管风琴的舞蹈
会奔跑过风中的小道……

---

① 原文为"铁杆"(sbarre di ferro),诗人以此借代铁犁。

随着赤足的心,

随着欢乐

褴褛的重。

       1938 年 1 月 27 日

潘

一枚微热的阳光斑点
在我的额上跳起了舞,
遥遥的树叶间
还传来了风的簌簌声

后来,到来的
仅仅是:这血浪的飞沫
和撞响于黑暗里的钟声,
随鲜红四处冲撞的沉默
在暗处激烈地涡旋——直至坠毁。

之后
发丝附近的草丛间
蚂蚁又结成了
一串串黑色的生命,
而你——我汗淋淋的脸庞上方,

一只蝴蝶拍打着翅膀。

1938年2月27日

五百人街[①]

我们俩之间压着
太多未说的言语

以及未餍足的饥饿、
安抚不下的孩童的哭喊、
患肺痨的妈妈的胸脯,
还有气息——
破布的、屎溺的、死者的气息——
蜿蜒过阴暗的走廊,

它们是风中幽咽的树篱
隔开着我和你。

[①] 五百人街(Via dei Cinquecento),是一条位于米兰郊区工人阶级社区科维托广场(Piazzale Corvetto)的街道,波齐曾于此地的"被驱逐者之家(Casa degli sfrattati)"参与社会志愿者工作。

而外面,
朦胧的星辰下伫立着两盏巨灯,
却诉说着宽阔的道路出口
与奔向乡间的
水流;

每一道光,每一座黑压压地
靠着天空的教堂,破旧的鞋履
踏出的每一步

都沿一道道空气
虔诚地
把我带向你。

1938 年 2 月 27 日

晨　间

岸边所见的生命蓝湖上
白云是太阳的子女
肉乎乎的身体：

影子已在我们背后，山脉
已层层隐没。

新鲜的玫瑰花瓣为我们
装点野餐桌席，一整片
翠绿的栗树林，枝叶
摆动于风里：

你听见鸟儿来了么？

它们无惧
我们的脸与我们的衣裳，

因为我们好似果肉一样

诞生于潮湿的大地。

帕斯图罗,1938 年 7 月 10 日

"山　被遗弃于黑暗怀中的你们"

山

被遗弃于黑暗怀中的你们

教导我如何等待：

黎明时分——教堂

将成形于我的树林。

我将燃烧——如蜡烛立于秋花上

晕眩于阳光里。

（无创作日期）

灯光师

总是这些房梁、这些灰尘。
偶尔，
粗糙的背景布
鼓荡到——我的
手边、我的脸边。
当场景狭窄
——比如一间卧室——
布便退远①：
空气
在此处环绕着
我的黑白开关。
一天傍晚
我从幕布边沿看过去：
一排排苍白的面孔

---

① 为了制造狭窄的场景，背景布需要更加靠近观众，从而越发远离后台。

像还未烤好的面包

等待于天鹅绒炉灶里。

而今夜我必须要在恋爱场景

达到高潮时关灯:

下面憔悴的脸

会在一片骚动之中

潮红起来,并独自

将那未呈现的一幕

渴望下去。

她会从我身边走过去,温暖、白皙,

赤裸的肩颤抖在风扇

吹起的气流里:

我相信

今晚她的戏服会是绿色的。

(无创作日期)

梦想的生活 ①

一　梦想的生活

与我说话的人不知
我曾过着别样的生活——
我曾活得像是谁在讲着
一则童话
或一则神圣的寓言。

那是因为
那时你是我的纯洁；
是因为有你，
若我以不洁的唇呼唤你，

---

① 《梦想的生活》是波齐与切尔维分手后，献给后者的小诗集。这 10 首诗作于 1933 年 8 月至 10 月之间，先是按照时间顺序写在了笔记本中，后被波齐誊写在 10 页纸上，按照理想中的排序编成了独立的一册，其封面上有一个象征性的日期：1933 年 10 月 25 日，即安农齐奥·切尔维阵亡十五周年纪念日。

忧伤的白浪便落在脸上的你；
是因为有你，
若我们望向高处，
眼眸深处便涌动着甜蜜之泪——
如此觉得我更美的你。

哦，你，
我的——青春之纱，
我的浅色之衣，
消湮而去的真——
哦，你，闪亮的结，
曾系着——或许是
被梦想过的整整一生——

啊，由于曾梦想着你，
我亲爱的生活，
我祝福残余的时日——
残留在枯枝上的全部时日
皆用来
哭悼你。

1933 年 9 月 25 日

二　云雀

亲吻之后——我们

走出了路上的榆树之影

往回走去：

我们曾向未来微笑

犹如安静的孩童。

我们的手

曾牵在一起

构成了一枚

坚硬的贝壳

守护着

宁谧。

我曾安宁得

仿佛你

是一位平息了

虚妄的风暴，

行走在湖上的圣人。

我曾是

黎明时分

无边的滚滚麦浪之上

夏日

辽阔的天空。

我的心，

一只鸣啭的云雀，

丈量过

晴朗。

1933 年 8 月 25 日

三　欢喜

我曾闭着眼睛问

——你的女孩①明天

会是什么？——

我曾这样让你微笑着

反复说出甜蜜的词

——新娘，

妈妈——

---

① 原文为"la Pupa"，意为"小女孩""宝贝女孩"，是切尔维对波齐的爱称。

爱情时光的

童话——

深深的啜饮——完满的

人生——

欢喜如面包上的一把刀

稳插在心里。

1933 年 9 月 26 日

四　重聚

假如我明白

这意味着什么

——再也见不到你——

我相信，我的生命

会在此——终结。

而大地于我

也不过是我所踏过的土

与你所踏过的

其他土：

余下的

是我们为了相聚
——而如漂泊之筏般
航行于其中的空气。

实际上，明澈的天空中
偶尔浮起小小的云
像丝丝羊绒
或鸟羽——离得远远的——
片刻之后，抬眼望去的人
却只看见孤独的一朵云
在远去。

1933 年 9 月 17 日

五　死的肇始

当我递给了你
我童年的相片
你很感激我：你说
这就像我
想重启人生
以将之完整地赠予你。

此时无人
再从阴影里
牵出
曾身处短暂黎明的
小小轻盈的人儿
——你的宝贝女孩[①]：

此时无人俯向
我自己被忘却的
摇篮之侧——

灵魂——
你步入了
死之途。

1933 年 8 月 28 日

[①] 原文为"la Pupa bambina"，与《欢喜》中所提到"la Pupa"同为切尔维对波齐的爱称。

六　你本会是

安农齐奥[①]
你本会是
我们所不曾是的、
我们所曾是的
与我们所不再是的。

在你身上
亡者本会回归，
未出生者本会活着，
深埋的水
本会喷涌而出。

诗，
为我们所爱
且永不分离于心，
你本会随孩童的叫喊
歌唱起来。

[①] 安农齐奥（Annunzio）在本诗中有着双重含义：其一，"安农齐奥"是切尔维已逝兄长的名字，波齐梦想中与切尔维的孩子会以此为名，以纪念切尔维之兄；其二，"Annunzio"意为宗教意义上对未来某事将发生的"宣报"，诗人以梦想中新生命的诞生宣报新生活的开始。

两块迷惘的泥土间
唯一的一株麦穗
曾是你——
阳光下
给予我们纯洁的
茎。

然而你却留了下去
同亡者,
同未出生者
同深埋的水
在一起——
最后几颗星的光里
晨曦不再亮起:

此时
你看不见的棺枢
所盘踞的不是大地
而只是
心。

1933 年 10 月 22 日

七 母性

我曾想着可以在他出生之前,带着
体内的他
凝望天空、绿草、
轻盈之物的飞翔,
与阳光——
以使全部的阳光
都能降临他。

我曾想着可以带着体内的他,试着
变善——
善——
以使一切善
都能以微笑的形态 ①
自他而生。

我曾想着可以带着体内的他,时时
与上帝交谈——

---

① 原文 "bontà fatta sorriso" 脱胎于意大利语中 "Dio fatto uomo(以人之形态出现的神)" 的表述。

以使上帝能垂视他,
能将他与我
救赎。

1933 年 10 月 24 日

八　林荫路上的孩子

自从我说出——孩子
将会取你已逝兄长的名字——

——那是十月的一晚,
大树下一片黑暗,我们看不清
彼此的脸——

他便活着。当我们在林荫路上
驻足——他便在我们脚畔
安静地玩着
砾石、小虫与轻盈的
落叶。

为此——我们的脚步

曾缓慢而甜蜜——

如此甜蜜——目光

投向草地边缘时

我们发现了一朵雏菊，

我们知道一个孩子——稍稍

伸出他小小的手臂——

便能摘下它而不踏足草地。

1933 年 10 月 25 日

九 梦想之眼

你曾对我说：——我想要

孩子拥有像你一样的眼——

我摸了摸我的眼帘，

注视起了天空，

去感受我的目光

变得愈发湛蓝。

你曾对我说：——因此

我不想你

流泪——

哦,出于敬重

曾属于你的事物,

出于爱

你曾爱过的事物:

你看,我没在流泪——

你看,我的眼——依然

纯洁而湛蓝——

带着梦想的光芒,

依然同天空

谈论着——他。

1933 年 10 月 12 日

十　愿

如此多的平静

令我说出:

——哦,愿你所能遇见的女人

会再给你

我们曾梦想过的,已死的

造物——

我说:

——愿我的墓坑

至少为了你

而成为犁沟，

愿我的泪

混同着天空的雨：

浇灌你新生

而不被察觉——

                        1933 年 9 月 8 日

译者致谢

感谢四川外国语大学意大利语系的陈英教授，2022年11月，她热情地回应了素昧平生的我发出的一封邮件，将我引荐给了上海九久读书人的何家炜先生，感谢何老师为本书出版所付出的心血。感谢马可与贝阿特丽齐，长期以来，他们对我的问题知无不言，言无不尽，对波齐声音的呈现离不开他们的大力相助：我们对各种疑难点的推敲，犹如不断地撷取到光，照亮了文字。身为作家与语文学博士候选人的马可拥有丰富的意大利文学知识，他耐心地与我敲定了几乎每一首诗中的晦涩难懂之处，帮助我挖掘各种文字深意；而生物学专业出身的贝阿特丽齐对农业知识以及米兰地区生活的了解，也为破译诗歌提供了密码。感谢英国约克大学中世纪文学副讲师与但丁研究者瑞恩·佩平博士（Ryan Pepin），为我解答了蒙塔莱论波齐一文中诸多理论概念上的难点。感谢诺亚·梅西耶（Noah Mercier）帮助我理解T. S. 艾略特致波齐之父的法文信件。感谢翁贝托·马雷斯卡（Umberto Maresca）、加布里埃尔·曼吉尼（Gabriele Mangini）、伊莱丽亚·伊波利托（Ylenia Ippolito）、玛丽亚格拉齐娅·帕利奥蒂（Mariagrazia Paliotti）、丹尼尔·布法蒂（Daniele Buffatti）、菲利波·马帕（Filippo Mappa），在不同时间与场合的答疑解惑。感谢岳朗先生对本书翻译的关心以及在精选诗篇上的建议。感谢我的父母、伴侣、家人与好友们无条件的爱、信任、包容与支持。如今这部凝聚着众人力量的翻译初鸣之作呈现于世，译者不胜喜悦，也倍感惶恐，唯盼各位读者能够走入波齐的世界之美，亦不吝对译者提出批评与指正。